土地有情
てんちうじょう

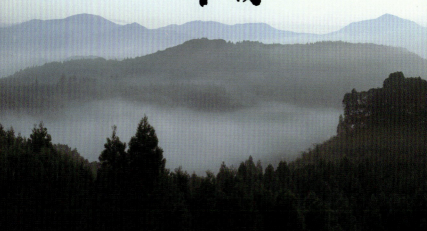

序

昨夏、十数年ぶりに畏友二見剛史氏と久闊を叙する機会に恵まれました。当時、氏とは全日本文化団体連合会で、お互いに鹿児島県と愛媛県の文化協会会長として、地域の文化活動推進や、全国の文化交流等について熱く語り合ったお仲間です。

氏が、たまたま徳島市で開かれた「絵手紙の会」での全国大会の帰途、私の住む松山市の郊外にある、坂村真民記念館で開催中の「小池邦夫と坂村真民の世界」―いのちをつなぐ「心の絵手紙」展に立ち寄るため、二十名ほどのお仲間を引き連れ道後温泉にご逗留の際、久々の再会を喜び合いました。

二見剛史氏は、この度、八冊目となる随筆集「天地有情」を上梓されます。これまでの数々のご労作を拝見し、氏は研究者の悪弊と言われた、いわゆる「象牙の塔」に閉じこもるの弊を廃され、文化人として、地域を愛し、地域に根を下ろし、身近な人々との輪や、活動の輪を広げてこられ、更に世界へまでも眼を向けておられるご様子がうかがわれ、畏敬の念を新たにしています。

先日、イタリアのミラノに住む歌い手で、私の教え子が訪ねてくれ、「子供が学校に通い始め、これまで見えなかった、芸術の国イタリアの素晴らしさと、その影も見えてきました。必要なことを学ぶだけでなく、たとえばラテン語など、一見不必要なものを学ぶというあり方が、この国の文化芸術の素晴らしさを支えられていると感じています。不必要なことを学ぶことの必要性を、この地に住んで改めて痛感しています。」と話してくれました。子供を育てることで見えてきた、まさに文化の本質をついた言葉です。

バリアフリーが進む中、世界経済の市場原理は、まるで手綱を失った暴れ馬のようにコントロールを失い、効率を追い求め、そのことで社会に様々ないびつな様相を見せています。二〇一四年四月十七日韓国の修学旅行生を乗せインチョン港より済州島へ向け航行中だった旅客船セヲル号が沈没294名の犠牲者を出した事件などは、その象徴のように、私には思えます。一方、豪華客船タイタニック号の英国沖で沈没の際、最後まで演奏し続けた音楽家や、乗客の救出のために尽くし船と運命を共にした船長の態度などは、その対極で、その精神の高さには心打たれます。

かつて文化庁長官であった作家三浦朱門先生は、「文化は人々の豊かさを願う心から生まれる。」と述べておられます。経済活動の正常な発展には、それを支える精神の高さが不可欠で、豊かさはその先に見えるはずです。その三浦朱門先生の提唱でスタートした国民文化祭が、本年は鹿児島県において盛大に開催されます。日本中の文化が鹿児島と出会い、鹿児島が各地の文化との出会いを果たす豊かさが展開されます。

本書はそのイベント開催を目前に発刊されます。本書のタイトル「天地有情」から、地域に腰を据えつつ、世界を含む壮大なる文化へのまなざしが読み取れます。まさに三浦朱門先生の言葉と重なります。

二〇一五年一月一日

愛媛県文化協会名誉会長

佐藤陽三

もくじ

=『学び』十編=

〔「序」執筆者〕 **佐藤陽三先生**

広島県の生まれ。東京芸術大学卒業後、一九六一年愛媛大学就任、門下生より人材輩出、現在同大名誉教授。愛媛県文化協会名誉会長兼文化振興財団理事長。全日本合唱連盟相談役で音楽監督・常任指揮者。(一九七六〜七年　西ドイツに留学)。一九九九年には文化功労賞・教育文化賞、二〇〇九年には功労賞を愛媛県から受賞。

〔題字揮毫者〕 **井上泰三先生**

福岡県の生まれ。日展会友。謙慎書道会常任理事。蘭亭書道展文部大臣賞、久留米市特別芸術奨励賞受賞。

青春有情

人権デーに想う

一九四八年、国際連合の総会は、五六ヵ国の代表者の一票の反対もなしに、全ての国民が達成すべき共同目標として「世界人権宣言」を採択し、全世界に向かって宣言した。そして十二月十日こそ、平和への原動力とでもいうべき、この偉大な宣言が行われた日、すなわち人権デーである。我々は世界中の人々と共にこの日を心から祝福しなければならない。現在平和な世界が維持されているのも、民主主義によって我々の人権が尊重されているのも世界中の人々がお互いに助け合ってゆけるのも、実にこの世界人権宣言のおかげなのである。

この宣言は、数世紀にわたって何千万の人々が求めてきたものを簡潔な言葉で言い表したものであって、前文に強調されている「人身の尊厳と価値」、本文に強調されている色々な生活上の自由と権利、社会秩序、その他細々と明記されているこの宣言こそ、人類史上初めて、全ての人が世界のどこにいようとも与えられなければならない基本的人権と自由を、真に世界的立場から定義したのであり、新しい社会秩序の設計図である。

特に、アメリカの故ルーズヴエルト大統領が、今日の全人類の希望を表して宣言した「四つの自由」、すなはち世界のどこにおいても、言論の自由、宗教の自由、欠乏からの自由、恐怖からの自由が到来されなければならないという事は、此等の自由を求めて戦ってきた各国民の長い歴史が、実を結んだものであり、これが世界人権宣言の中心をなしているのである

世界人権宣言は、第二次世界大戦後の世界の各方面に実に偉大な影響を及ぼした。しかし、我々は人権デーを祝福すると共に、我々のまわりを見まわして反省する必要があるのではなかろうか。日本も国民主権主義となり、憲法によって人権と自由とが、全面的に認められているが果して実質的に人権は護られているかという事を!!

まだ〳〵あとを絶たぬ人身売買、目立つ警官や教師の暴力、村八分事件等と、封建主義的行為や思想が、そここゝに転っている。

又、世界情勢も決して安心する事は出来ない。資本主義国家と共産主義国家の対

立、軍備強化、平和的共存が叫ばれても、戦争への危機は去らない。戦争、人類はこれを望むのだろうか。人類の良心をふみにじった蛮行は、人権に対する無視、及び侮べつから起るのであると人権宣言は前文に掲げている。即ち戦争の根本的原因は、人権の否定なのである。人権を認めないからこそ、あの残酷な戦争が生ずるのである。

こう考えてくると、平和への道には、幾多の障害が、難問が、まだまだ行手を防いでいるようである。だが、人権デーに考えることは我々はこの様に色々な難問を、どのようにして解決したらよいか、と言うことである。

人権の一大金字塔である世界人権宣言が、大衆の心にどれ位知られているのだろうか。我々学生ですらまだ〳〵知らない人が多いのである。しかし見給え、UNESCO、MRAを中心として、世界の人々が、特に学生達がこの精神の普及徹底運動にその誠意と情熱をさゝげ尽している事を。この宣言の精神が浸透し、世界中の人々が胸の中に平和の砦を築く事によってのみ、平和社会、平和世界が実現するのである。我々は近き将来に、必ずこの様な社会を、平和世界を建設しなければならないそれには、まず我々の学校生活からであると思う。我々の家庭、社会の生活からであると思う。友達同志は互いに尊敬しあい、理解しあい、協力しあつて学問に精出さねばならぬ。先生方に対する態度は、友人間の交わりは正しく楽しくなされているだろうか。各人反省してみてもらいたいものだ。

人権デーは、世界中の人々の祝日であるとともに、自分達の生活を反省し、少しでもこの宣言の精神を実現するよう誓願する日であると信ずる。UNESCOは青年に与えるメッセージの中で「全世界を通じて、我々の仕事の大部分は青年組織の協力によって果される、未来は諸君のものだからである。精神の世界協同体を実現するのは諸君であるからだ。」と我々に大きな期待を寄せている。若人の熱と希望と純情とから、明るい社会、明るい学校生活が築かれ、世界中に明るい喜びの歓声がおこるのである。人権デーを迎えた我々はここにもう一度、過去を反省し将来への歩みを新たにすべきである。

執筆当時は、高校一年在学中

〔出典〕『加治木高校新聞』第28号(S31・1・25)所載

嗚呼、わが青春「六本松」　Fair pledges of a fruitful tree!!

九州大学教育学部の平塚益徳教授が私の母校加治木高校で講演されたのは昭和三十四年、その内容に感銘された久保平一郎校長が溝辺のわが家に来られ「小原国芳・鰺坂二夫先生らのよき理解者でしたよ。ぜひ息子さんには九大受験を」と言われたらしいのです。

鹿児島師範で小原先生と机を並べた間柄の父、末っ子を教育界に進ませたいのが本心の様子でした。当時一浪中の私は英数学館で受験勉強の仕上げに励んでいました。幸い成績も九大ラインに達してきたので、父の勧めに従い九州大学一本に絞りました。五倍の難関を越えて「オヤジ　ヨロコベ　タケシ」の電報に家族は小躍りしたそうです。

六本松でのクラスは「文一の三」、文学部の一部と教育学部をまとめた約五〇名、その八割は福岡県出身、鹿児島県からは私一人でしたが、五月には早くも親睦会を結成し仲間づくりに精出しました。大学生になった実感は時間割の自主編成、教養科目全般に加えて語学では英語、ドイツ語、フランス語、ラテン語までびっしり、ノートの何冊かは日記と共に保存しています。

サークルは弓道部・茶道部・ＥＳＳそして結局落ち着いたのが教育研究会でした。河合栄治郎著『学生に与ふる書』をテキストに読書会、学園祭では旧制福岡高校の寮を改造した部室に泊まり込みました。ファイヤーストームの思い出も過《よ》ぎります。箱崎キャンパスから見学に来られた先輩に「大学生活の道のりは長いんだヨ。ゆっくり遊んでから学部に来なさい」と言われたのを覚えています。

世相は安保反対の頃、学生運動でボイコットを受け教室に入れなかったり、天神周辺の電車道でジグザグ(Zigzag)デモをやったのも遠い思い出です。明善の二人と加治木の二人合計四人で六畳一間を借りカーテン間仕切りの生活も貴重な体験です。部屋代は一人千五百円、学食だと朝二十円、昼三十五円、みんな質素倹約の生活でした。でも、博多名物「山笠」を見学したり、小旅行やキャンプ、映画にはちょくちょく出かけました。「勝利なき戦い」もその一つです。

ソ連のロケット月面到着やローマ五輪等で世界への夢を描いた日々でもありました。イラクから医学部に来た留学生に乞われ、図書館で英字紙の社説を解説したのは満二〇歳の頃、私は英文日記を楽しんでいました。語学力を伸ばしたいという気持と、青春の悩みや自分の理想を外国語の世界で表現したかったのかも知れません。

春夏秋冬それぞれの長い休暇には必ず帰省し農業の手伝いをしています。あれから半世紀、父母の齢に達した今、「親もきつかったろうナ、でも息子が手伝ってくれた時は嬉しかったかもナァー」と思うことです。大学進学記念の池に寄せて父は詠んでくれました。「みよの夏、皆で作りしこの紫泉、永久に清水を湛えてしがな」「努力して事の成る日の嬉しさは、われ一人知る神の面影」。

わずか一年半の時空なのに、たくさんの出会いがありました。初恋は実りませんでしたが、のちに良き伴侶を私に紹介し月下氷人の大役を引き受けて下さったのはラテン語の先生でした。六本松は「人生劇場」の濫觴でもあったのでしょうか。懐かしい故郷・ハイマート(Heimat)です。 Fair pledges of a fruitful tree.(R.Herrick)

このたび、わが青春「六本松」を振り返る機会を与えられ、私は何だか今、夢の世界にいるような気がしてなりません。

Merci beaucoup.

〔出典〕九州大学編『青春群像・さようなら六本松』（H21・2・10　花書院発行）
２４８ページ所載

竹中育英会に感謝

新奨学生歓迎会での挨拶

（平成25・10・11　於 梅田センタービル）

とってもアットホームな雰囲気の中でお話ができることを、うれしく思っております。新しく竹中奨学生となられた皆さん、おめでとうございます。

今、天にも上る心地だと思います。私は五十年前にこの感激を味わっております。本日は竹門会ＯＢとして、竹中工務店の皆様、選考委員の先生方、ご来賓の方々へ、竹門会の皆様とご一緒に感謝の意を表したく存じます。遠く鹿児島に住んでいる私にも、こうした機会をご配慮いただき恐縮しておりますが、皆様の前で育英会への気持ちをお伝えできることは、無上の光栄でございます。朝な夕な私は、竹中育英会の歌を口ずさみながら竹中精神を考え続けてまいりました。

さて、奨学金をいただきましたのは、一九六二年、昭和三十七年でございます。そのころ、私は親元から毎月二千円と白米数キロを送ってもらい、1日3食百円の生活を続けておりました。質素倹約がモットーで、石にかじりついても学問をしたいという決意でした。竹中奨学金のおかげで経済的自立ができたことを、父も母も涙を流さんばかりに小躍りして喜んでくれました。

私の主任教授は九州大学の平塚益徳博士ですが、日ごろ「召命」（使命）感という表現で、例えばシュヴァイツァーの生涯を語られ、三十歳ごろまではまず一所懸命学問をしようねと励ましていただきました。学部卒業後、大学院博士課程を経て助手となり、さらに東京の国立教育研究所で『日本近代教育百年史』編さんという世紀の大事業に携わります。全国交流の夢が実現したわけです。

また、歴史編さんの傍ら、玉川学園の小原國芳先生から、この方は鹿児島出身ですが、国際会議の企画、運営にも呼び出され、やがて、世界平和を目指す新教育運動の外国視察、私もこれまで二十数カ国・地域に出かけております。一九七六年のオーストラリア大会では、「もったいない」「ありがたい」、これを日本から提言いたしました。global village、地球村づくりが私たちの夢でした。この運動は今も続いております。

一方で、子育てにつながるPTA活動にも熱心でした。ちょうど国際児童年のころで、「我が子への愛を世界のどの子にも」、皆さん方も子どもさんがおできになるとかわいいもんですよ、をキャッチフレーズに団地の学校を地域の文化センターにするための工夫、努力をみんなで体験いたしました。

こうした日々の中で、私の人生目標を定めることができました。第一は環境問題、第二は世界平和、第三は生涯学習です。これらが私たちに与えられた使命でもあります。

一九八〇年、ふるさと鹿児島に四年制の大学ができるのでUターンのお誘いを受け、過疎化が進む中、ひとり暮らしをしている母のもとに帰りました。そして、はや三十年。おかげさまで今、研究仲間、地域の方々、若者たちと語らいながら、楽しい充実したシニア時代に入っております。孫五人がいつも、おじいちゃんを励ましてくれます。

皆さんは二十一世紀をどんな世の中にしたいと思っておられますか。私は全世界、全世代に香り高い文化が行き渡るよう、相互尊敬、mutual respectの精神で温かな社会を築いていけたらと念願しています。ドイツのゲーテは、"Man lebt nur einmal in der Welt."、人生ただ一度という言葉を残しています。私は半世紀前から座右の銘として唱えてきました。"all for one, one for all"もいいフレーズですね。みんなで竹中育英会を美しいファミリーに育て、幸せな世の中をつくる一員になろうではありませんか。

奨学生のみなさん、きょうはほんとうにおめでとう。どうぞ頑張ってください。そして、このような機会を与えていただき、ありがとうございました。

〔竹中育英会誌　61　二〇一四年二月　に収録〕

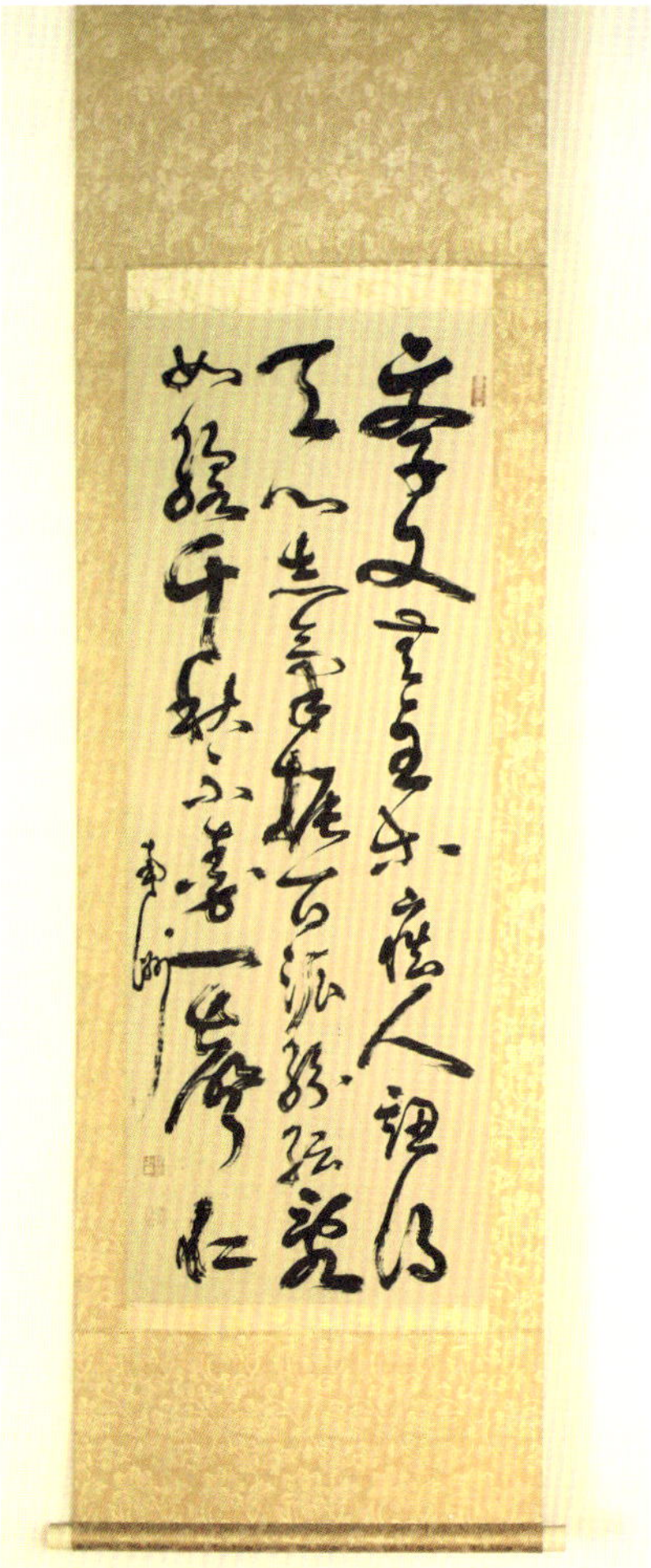

西郷隆盛の書。鹿児島空港前西郷公園の和室に掲示されている。

示子弟

（子弟《してい》に示《しめ》す）

学文無主等痴人

（文《ぶん》を学《まな》んで主《しゅ》無《な》ければ痴人《ちじん》に等《ひと》しく）

認得天心志氣振

（天心《てんしん》を認得《にんとく》すれば志《し》気振《きふる》う）

百派粉紜乱如線

（百派粉紜乱《ひゃくはふんうんみだ》れて線《いと》の如《ごと》くなれど）

千秋不動一聲仁

（千秋動《せんしゅううご》かず一声《いっせい》の仁《じん》）

人間のふみを行うべき道を学ぶにあたり、その学問の中心となるものを見失えば、どんなに物知りになっても無知同然であり、学問の中心となるもの即ち天理天則が何であるかを把握できれば、志気元気が振るい起るものである。世の中には、様々な学派が入り乱れて、もつれた糸のようであるが、千年を経ても、びくともしないものは「仁」である。

ふるさとの今と昔

2015.1.1　今田明子作

慎終追遠

竹山集落の先輩・二見求さんが静岡で逝去された。節志・テルご夫妻は四男五女の子福者、息子たちには忍《しのぶ》・優《まさる》・求《もとむ》・真《まこと》と命名。武彦じいさんの妻アサばあさまが私の母サトと従姉妹《いとこ》関係にあるので家族同様のお付合いをしてきた。節志様の山芋は桧《ひのき》の葉にくるんで父源吾は毎年のように師範時代の同級生・小原國芳先生に贈っている。

私共の母校・溝辺小中学校までは往復3里、肩組合って通ったあの高松城山麓を、先日は中村晋也先生の真弟子・上床利秋（日展特選受賞者）さんら「求道」の仲間と山坂達者。山頂からは錦江湾に浮ぶ桜島が美しい。「この森の道は明治十年八月三十一日早朝、西郷さんが城山帰還で抜けられた所ですョ。」故郷《ふるさと》・霧島市溝辺町有川、竹山ダム周辺の風景である。今や限界集落だが、六十年前は同期だけでも男女各4名、計50人で集団登下校をしていた。

求先輩は建設界の名門・竹中工務店に就職されていた。私も学生時代竹中育英会の奨学生に選ばれ毎月の大金給付で父母からの仕送りをストップできた幸運児、名誉ある竹門会第一期生である。

静岡県といえば、戦前、中国人留学生教育に心血を注いだ松本亀次郎の出身地、魯迅や周恩来から終生尊敬されていた教育家の業績を学会等で発表したご縁により北京には2回招待され、今、掛川市の顕彰会で私も顧問をお引受けている。十年程前になるが、御当地での講演会に求・真ご兄弟が来られた。異郷での再会は夢心地、「求さん、もう一度二度お会いしたかったですね。」

海音寺潮五郎翁は加治木高校の大先輩、昭和五十年母校の庭に建立された文学碑に「人間美学を求め続け七十四という歳になった」旨刻んでおられる。論語に「終を慎み遠きを追う(学而第一)」とあるが、海音寺さんもそんな心境にあられたのではないだろうか。

諸先輩にあやかって私も、ふるさとで培われた直向《ひたむ》きな「立志」の心を確かめながら、日本の、世界の、来し方行く末を探求し、所感を書き綴ってみよう。これはシニア世代共通の社会的義務であり、先人への尊敬と感謝であり、小さな先祖供養にもなろうかと思うのである。私たちは、まず健康に留意し、謙虚でありたい。過疎高齢化社会を生き抜くために「本物の文化とは何か」を追求したいものだ。

（①　'13・7）

孫の雅英から届きました。
霧島縄文の森へ連れていった
時に描いた絵手紙です。

愛別離苦

お盆が近づくと戦没犠牲者を思い起こす。私の育った竹山集落ですら鎮魂碑に刻まれた二見一族は5名、父方母方を加えると全国各地に20名以上となりそうだ。その中の一人がいとこの正人さん、戦死の命日は何と昭和二十年八月十五日、テイ伯母は生前「千里離りよと思いは一つ、同じ夜空の月を見る」と唱えていた。届けられた白木の箱に遺骨や遺品は殆ど入ってなかったという。

正人さんの同窓で私たちの溝辺中学校時代の恩師・野間猛夫先生が二〇一三年五月二十七日九十一で逝去された。生前「二見正人さんナ良カ人ジャッタド。体格が良カッタシ顔も性格も良スグァシタ。アゲナ良カ人を死なせた戦争は憎い。もう二度とシチャイカンド」と仰言っていた。愛別離苦の念、今頃お二人は冥土での語らいをなさっていることだろう。

二〇一三年六月二十七日付け南日本新聞で「鹿児島大空襲六十八年」の特集記事が出た。大口在住の松下チエさんの「狙われた?軍需工場」に添えられた地図を見ながら、薩摩製糸の隣接地・薬師町で生をうけた私はドキッとした。あの日、自宅付近にB29から爆弾が落下していたら今の自分たちはなかっただろう。隣組だったのは遠藤力雄・加治屋哲・松下確……といった方々の御家族、防空頭巾を被って咲子さんや正子さんらと津曲学園の鹿児島幼稚園に通っていた日々が懐かしい。幸い、我が家は焼け残ったので、オサイク帖や兄たちの保育証書、玉川百科事典等は持ち帰ってきている。

疎開先・溝辺では伯父宅の隠居を借りて大家族時代を過ごした。山の向こうに加治木空襲の煙を見た五日後、玉音放送は北海道の兵隊さんたちと聴いた。のちに日本整形外科学会の長まで務めた故二見俊郎君は本家筋の親族である。父祖の地で遊び学んだ仲間たち、私たちを育ててくださった方々とは別離を重ねている。

　私の出生地は鹿児島市薬師町だが、生育・立志の地は霧島市溝辺町、出郷後全国各地での他流試合を経てUターンすでに三十年、「都市と農村の連携」を生涯の実践目標にした毎日である。只今ふるさと水の会を主宰し、竹山集落の立田俊廣・野元健至先輩らに相談しながら、水辺での七夕灯籠まつりや山城探訪などを毎年企画している。二見正人さんたちも連れ立って天空から遊びに来られるだろう。ふるさとの原風景は今も変わらない。

　このたび、十数年勤めた鹿児島県文化協会長を難聴障害を理由に思いきって勇退したら、新会長の熊副穣さんから「名誉会長」に推挙されてしまった。「静観し励ましてほしい」という意味だろうと理解している。若き日に描いた志を忘れまいぞ！！


（②　'13・8）

娘（福場文）から届いた絵手紙
樹林舎編『霧島・姶良・伊佐の昭和』P.116に
写真が入っています

人間美学

二〇二三年八月四日、竹山七夕灯籠祭りを開く。主催は「水の会」、三十年前に結成した。毎年積層模型をつくり溝辺の文化祭や姶良地区芸術祭等に展示してきた。「溝辺は水に苦しんだ村、竹山ダムはため池の集大成です。水は文化の源、郷土の歴史を色んな角度から研究しましょう」という溝辺小・土屋武彦校長の提案で発足し、最近は鹿児島県の水辺サポートや霧島市地域活性化の事業支援を得て継続、この間、環境保全研修、山城探訪、芸能発掘など多彩な内容を加えてきた。ちなみに、甥の二見晴彦は土屋校長のおかげで教育実習を溝辺小ですますことができた。

今回は竹山集落内に眠る空き家を活用、元〃わらび座〃の黒田龍夫・ふみ御夫妻による鹿踊《ししおどり》や想夫恋《そうふれん》、壁塗り甚句、榎本眞人さんの鳥刺《とりさし》舞い、後藤典翠さんの朗詠、島田守雄・今吉翠瓢さんらの吟などを披露していただく。加えて野村利憲さんから蒲生和紙、中越パルプ製竹紙の話も杉木章さんから紹介され、文化行事らしく小さな花が咲いた。『モシターン』広報も生き、参加者は60名を越えた。感謝している。ちなみに、私たちは会場づくりを兼ね約半月毎朝五時半起床で草刈り、おかげで竹山の水辺や林道も綺麗になってきた。

これより先、霧島市薩摩義士顕彰会と空港前の西郷公園活性化委員会で呼びかけたそれぞれの草刈り清掃も夏の美化運動だった。隼人の野間浩さん（溝辺出身）からは「熱中症とカゼで点滴を打ち、体調不良なので行けませんが・・・」とハガキが届く。何と責任感の強い礼儀正しい方だろうと敬服した次第。

思い起こせば、少年時代、ふるさとでは折り折りに「清潔検査」があり、全世代、集落あげて頑張ったものだ。最近、溝辺町下有川の森田峯一さん宅で、美代子夫人の御尊父・髙田廉夫《すなお》さんらが当時村内を巡回指導された話など承った。

文化活動は心の美化、いわば「人間美学」の舞台だ。祭りを行うためには先ず会場を整えなくてはならない。私たち農村の子ども達は少年時代、毎日早起きして庭掃除・拭き掃除・家畜の世話などに加え、集落内の里道〝木戸《きど》〟を清掃していた。今は懐かしい思い出だ。

終戦記念の黙祷は溝辺麓の大川内岡にある「愛郷平和祈念塔」の前で延時力蔵さんらとさせていただいた。昭和二十七年七月建立の大東亜戦争慰霊碑には溝辺村出身の約300名、二見一族からも正人・鉄夫・辰雄・初男・豊の5柱が刻まれている。実は竹山七夕灯籠祭りは静かな先祖供養を目ざして企画されたのだ。

竹山ダムの裏手にある県民の森、今夏はオートキャンプ場で家族団欒《だんらん》、翌日は冒険トリムで遊ぶ。原生林の向うに山なみが見える。秋の紅葉が楽しみだ。もっと県民集まってきてもいいのになぁー。大自然は人間美学の舞台なのに。

（③　'13・9）

２０１３．８．４　竹山七夕灯籠まつり

見賢思斉

二〇二〇東京五輪で日本の文化力は急速に復興するだろう。その際全世代全地域が本物を求め「見賢思斉」（論語里仁　第四）の精神で前進したいものだ。

二〇一三年七月二十八日、溝辺の読書愛好会「ひまわり」の皆さんに誘われ、東郷文弥節人形浄瑠璃公演を見たあと薩摩川内のまごころ文学館に行く。この会は加治木の椋鳩十文学記念館を創られた榎薗髙雄先生の置土産、すでに全国表彰も受けておられる。『改造』の編集長山本實彦は「百難克服」を唱えていたらしい。いち早くアインシュタインに着目し日本へ招いた先覚者である。案内人の解説に私たちは魅了させられた。

八月・九月の文化イベントも多彩であった。栗野駅にはヨーロッパ留学体験者宮薗広幸さんによるモニュメントを真中に松陽高等学校美術科の作品がずらり。彫刻といえば空港周辺を会場に南九州現代彫刻展'92 inみぞべを開催した思い出がよぎる。私たちは溝辺出身の藤谷宣人さん御一家を忘れない。今、霧島山麓には日本一「アートの森」があるが溝辺の彫刻展が引き金になって設立されたと聞いている。

肥薩線上にある吉松・栗野・横川・牧園(霧島西口)・嘉例川それぞれの駅を拠点に活性化運動が盛んだ。昭和初年隼人町誕生の頃まで鹿児島本線は八代から人吉、吉松、加治木、重富をつないで鹿児島市に入っていた。いわば当時の大動脈である。この史実はもっと注目されてよい。鉄路を肥薩・日豊・指宿枕崎とつなぎ、秋田や山形のように第二の新幹線としたらどうだろう。南薩のすばらしい景観・文化力を九州の中央部にも反映させるのだ。また、霧島ジオパークを足場に大隅半島は曽於・志布志・鹿屋から佐多岬まで視野に入れての観光文化ルートを敷いたらいい。県央地域に住んでいると、九州本土全体の交通網をぬりかえてみたくなる。

二〇一三年八月二十五日、「華」主催の文化講演会に川涯利雄先生からご招待を受け、原口泉・今野寿美両氏による和歌論に啓発された。三十一日には千葉しのぶさん主宰の「霧島、食の文化祭」に夫婦で出かけた。同席された沢畑亨さんの水俣愛林館にも魅せられた。全国的指南役・森千鶴子さんは食文化の活動をしながら目下大学院で学びを続けておられる。全地域全世代に光があたるような広々とした文化がひろがる事実に改めて感じ入った。九月十九日は十三塚原公園で十五夜の家族会を静かに楽しむ。

地球市民に求められている21世紀の課題は環境問題・世界平和・生涯学習だと私は思う。そうした大目標の達成に対し、まずは家庭・地域の文化力を高めることから始めたい。文化は「皆の力」で築くものなのだ。

（④ '13・10）

豊年満作

昭和二十年代の運動会は十一月、杉の門が懐かしい。二〇一三年も幼小中高に出かけた。英姿颯爽の行進や学校長・生徒会長の挨拶内容が印象に残る。加治木高校では龍門祭と称し文化と体育の祭りを盛り上げていた。その中で二年八組の「世界加治木発見」に啓発される。母校は島津義弘公の城趾に立地し、石積みを保存した形で現在の水路が地下を走る。こうした実例は随処に残っている。

歴史を現在に生かして未来に伝える姿勢を郷土文化再生の基本方針にしたいものだ。私は国立教育研究所で『日本近代教育百年史』全10巻編さん事業に従事した若い頃からそんなことを考え続けていた。庶民生活の移り変わりを森や水田、石積みや堀切りといった文化財を検証していく努力、Uターン後平田信芳さんや下野敏見さんが地名や民具等を熱心に探究されるお姿に共感し実地踏査等に時折り参加している。耕作放棄地や崩れかかった林道補修のための草刈りなども大事な仕事だ。

先日、NHK番組で応仁の乱を報じていた。日本の文化革命がこの頃起こり、二十一世紀の現代はその第二段らしい。村落や家族が崩壊し新たな絆を求めて若者たちも動き始めている。ふるさとの来し方行く末を考察する仕事に日本全体で取組むべき秋《とき》が来ていると察知した。地球市民の生き方から察すると、戦争は即刻止めさせるべきであり、全世代全地域の幸せを目標にみんなで行動したいと切に思う。

溝辺は果物の宝庫、この秋も葡萄や梨を全国に送った。近くでは県庁内国民文化祭準備室の皆さんにも届けた。その見返りに例えば北海道の玉蜀黍や馬鈴薯が届く。柿や栗は自作で十分間に合った。春の梅が夏には梅干しとなり私たちは社交の具にしている。農村に住んでいると、秋はまさしく実りの季節だ。残念ながら、祭の太鼓や三味線はあまり聞こえてこないようだが。

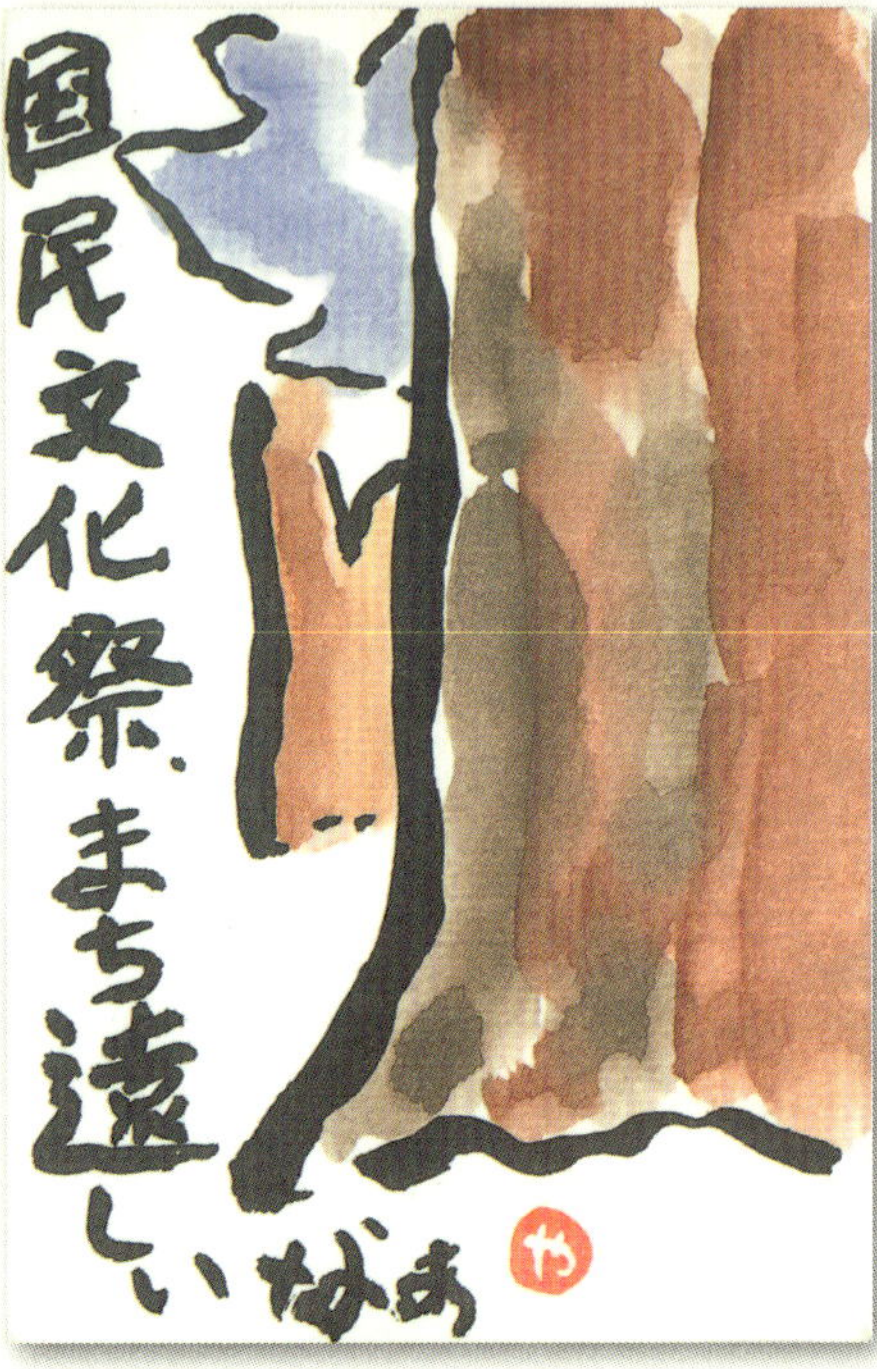

岩切康代さん（霧島市）から届いた絵手紙

二〇一三年十月五日、萬田農園の十周年祭に遠くは北海道や静岡、近くは奄美からも約百五十名集合。萬田正治先生の哲学講義のあと、余興では秋田のわらび座が入り、手作りの案山子を並べての村祭り、「故郷の空」や「ふるさと」の斉唱で一気に盛り上がった。

二〇一五年の国文祭では「本物。鹿児島県」を目指しているが、発信はどこまで出来るのかナァー。一寸心配だ。観光協会や文化協会等に課せられた社会的使命を真剣に考えたい秋である。三十年前、梅棹忠夫議長の許でまとめられた「田園都市構想」によれば、都市のもつ高い生産性・高次の情報と田園のもつ豊かな自然、潤いのある人間関係を高次に結合させようという。豊年満作は地域力再生の原動力、皆の願いをみんなの力で叶えてみたい。かつて新納教義先生たちと語り合った日が懐かしい。

（⑤　'13・11）

沈思黙考

二〇一三年の十月は2回大阪へ飛ぶ。十一日は竹中育英会の新奨学生を励ます会、二十四〜二十六日は薩摩義士顕彰の全国交流（於海津）とお伊勢参りである。台風を心配したが肝心な時は雨も止み有意義な旅となった。居は気を移すと言うが、ふるさとを離れ全国の有志と語り合うほど快適な時空はあるまい。

ふるさとを基点に同心円的な動き、それは仲間づくりの原理を実践することかも知れぬ。地球市民的立場から考えた時、日本は文化的に深まっているか検証することでもある。

「終戦をラジオで聞いた十五の夏」この句は霧島市シビックセンターで開催の「あすなろ絵手紙展」で発見した。戦時期の終り、学徒動員で長崎の川棚に行かれた国分高等女学校生・東和子さんが第十三宿舎前で学友や先生方と玉音《ぎょくおん》放送を聞かれた時を思い起こされたらしい。和綴《わとじ》帳に刻まれた五七五に私は立ち止まりしばし涙を流した。和子さんの親友が、今は亡き従姉の二見昭子、有馬家に嫁ぎ娘の千代さんは今国分に住んでいる。東さんの一句「絵手紙はロンドンの孫に会いにゆく」にも感動、戦後の日本で教壇に立たれ、子育てに努力された先輩に限りない尊敬の念を覚えた。郷土史研究家有川和秀さんは加治木高校での同期生、東和子先生の教え子だという。

二〇一三年十一月一日、溝辺の陵南中「紅葉祭」を学校評議員として終日かけ見せてもらう。英語暗唱コンテストもプログラムに3回入り、一年生はジオパーク風景、二年生は長崎原爆資料館見学、三年生は職場体験学習等をもとにしたライフプラン、いずれも展示物に趣向をこらし寸劇仕込みで表現されていた。ふるさとの学校現場は自主・自律の文化力・人間力を育てる絶好の環境になっている。

年の瀬・師走は沈思黙考の季節でもある。今、国民文化祭かごしま2015へ向け諸企画がなされ、ふるさとの全地域全世代で活性化と質的向上が期待されている。「おもてなし日本一」「本物。鹿児島県」を目標に推進する平和運動の一環でありたい。

二〇一三年十月二十五日、書道人生の先達・法元憲一（康州）先生が逝去された。私たちにとっては溝辺小五年B組の担任、終生の大恩人である。十一月十三日には、哲学者・濵里忠宣先生も亡くなられた。県の文化芸術振興会議や南洲寺のお茶会等でご一緒させてもらい文化について親しく語りあったいわば同志だった。国民文化祭かごしま２０１５では基本構想立案のときの座長をつとめて下さった先達者、先生の笑顔が忘れられない。心からご冥福を祈る。

（⑥ '13・12）

橋口多津子さん（姶良市）から届いた絵手紙

瑞気集門

新世紀早や十余年、古今東西に照合する時、世界中がもっと相互尊敬したいナァとしみじみ思う。私たちは年頭の芽出たい霊気が地に満つ雰囲気の中で少年期の夢や人生で学びとった理想を確かめながら暮らしを楽しんでいる。

二〇一四年の年越しをどこでどう迎えたらいいのか。日本人なら初日《はつひ》を拝み初詣で誓いを立てる。家族団欒、同窓会等で友愛の花咲く好時節がきた。

昨秋は法隆寺の柿色に魅せられた後、霧島山麓一円の紅葉狩りにも出かけた。私は、約三十年前、梅棹忠夫議長が提案された田園都市構想を今や地でゆく「文花」コースに興味を抱いている。県民の森につながる「草文」美術館長・泊掬生さんとは一緒にフランスの農村ウイイでぶどうしぼりを楽しんだ思い出がある。先日、Uターンの新進を同館に案内したら大喜びで話がはずんだ。

黒人初の大統領マンデラさんが二〇一三年十二月五日、九十五歳で召天された。思えば、二〇〇一年春、第41回WEF(世界教育連盟)国際会議で、SOWETO旅行の途次、記念館に案内されたことがある。久々に紀行文集『甦れアフリカの大地』を繙いた。当時、日本国際書道連盟理事長・西村完司さんとは帰国後も交流を重ね、二〇〇三年夏志學館大学での学会にも出席された。コスモスホールで「日本WEF賞」を受けておられる。その折りに奥田眞丈総裁が私たちへ伝えて下さったのが昭和二十一年の「新教育指針」である。「これからの教育では日常生活において文化の芽生えをのばす」「人間の本当の願いは平和と文化だ」と。

鶴岡の西郷南洲記念館初訪問の案内役も西村さんだった。第30回国民文化祭かごしま2015にお招きしたい研究仲間の一人だが、すでに九十歳、御恩返しをしたいけれど少々無理だろうナァー。霧島市溝辺の西郷公園には今、全国から観光客が来る。私たちはそこで「西郷塾」を随時開催している。獄中で沈思黙考された点でマンデラ翁と南洲翁には共通したアガペー的哲学の世界があるのではないだろうか。

先日、鹿児島市のジュンク堂で立ち読みをしていたら、ある作家が「エッセーは所詮自慢話になりがち」と書かれている本を発見した。私は「作文は人生修業」「体験を提言に」という気持ちだ。聴力視力の減退に反比例して研究素材は山ほど出てくる。前進せねば!!

（⑦ '14・1）

本京子さん（鹿児島市）から届いた絵手紙

恒久平和

歳末年始のファミリー旅行で瀬戸内海を眺めてきた。下関では新鮮な海の幸、宮島では空中散歩をして空海ゆかりの弥山《みせん》で雪を踏む。呉では大和《やまと》ミュージアム、そして広島の平和公園とまわって九州を南下。

日本人は世界一の巨大軍艦を創れるほどの高い技術力を磨きながら、何故戦争をひき起こしたのか。当時の大人たちの苦渋を慮《おもんぱか》る後輩の私たち。伊勢神宮や出雲大社の遷宮行事等で日本文化を味わいつゝも、原爆ドームを眺め地球市民としての自覚と責任を考える二〇一四年の真剣な越年だった。国際化の波の中で原発廃止が叫ばれ環境問題が地球宇宙を巻き込んでいる21世紀、ローマ法王のメッセージに「恒久平和」を見出しほっと一息。

こゝ十数年、私たちはふるさと再建のため日本一の国民文化祭を実現したいと努力してきた。一九八五年第10回全日本文化集会が新装なる県都の市民文化ホールで開催された折、Uターンまもない私も文化活動の仲間づくりに入らせてもらった。山根銀五郎会長率いる鹿児島県文化協会の事務局長に私は推挙され全国の有志と語りあう場面にもたびたび出会させてもらい文化の理想像を描き続けた四半世紀、その間、全日本文化集会と国民文化祭との並立はままならず、財政基盤の弱い鹿児島県としては休会届を出すことを決断、民間主導の文化活動を全国組織に組立てる試みは中断したまま第30回国民文化祭で鹿児島を全国につなぐことになった経緯がある。二〇一五年が本物の「文化維新」になれたらいいのにナァーとひそかに祈る気持である。

全地域全世代をつないだ国民文化を形成したいという夢は文化活動に携わった人たちの恒久的願いである。その夢を実現するためには国民文化の在り方そのものを総括的に検討しつゝ先人たちの志を受け継ぎ、再建しなければならないと私は真剣に考えている。山根銀五郎先生ならどう仰言《おっしゃ》るだろう。

恒久平和の世界を実現するためにはどのような生き方が望ましいのだろうか。私は、都市と農村の良さをクロスさせながら地球全体の幸せを考えられる人間を随処で育てなければならぬと思う。格差社会の是正を推進するためにはあらゆる面にアガペー的愛が注がれたらいいのではないだろうか。鹿児島も九州も地球市民の楽しいふるさとにしたいものだ。

「グローカルに生きよう」という呼びかけは「理想は高く、生活は質素に」の表現と同義だと思われる。まずは「もったいない、ありがたい」を唱えつゝ力強く生きぬく日本人にならねば!!

(⑧ '14・2)

地球市民

白鵬関来鹿の様子を見たくて国分の高倉眼科まで夫婦で出かけた。「握手したらネ、鏡餅のようなふっくらとした感触だったヨ」とは妻の言。相撲界で今頂点に立っているのはモンゴル勢か。野球や柔道などスポーツに国境はなさそうだ。こうしてみると、オリンピックが地球市民を育ててくれる功績も大きい。

一昔前いや現代でも大方の人は紛争多発と思い込んでいるようだが、スポーツを含む文化の高まりが人類社会を平和に繋いできた面を私たちはもっと大事にしたい。

生老病死の足どりを歴史と称するならば、その結果が恒久平和に連動するよう大自然と人間の使命をマッチさせるための努力、それが学問や道徳や芸術の力ではないだろうか。

私が地球市民を実感したのは二〇〇一年南アフリカでの国際会議だった。環境教育に関する熱心な研究発表がいくつも提出されたが、滞在中、心に残ったイベントの一つが交流の夕べ。「幸せなら手をたたこう(If You're Happy And You Know It)」を約四百名で合唱。日本代表の私たちは楽譜つき英文版の歌詞を配り、私の拙いハーモニカ伴奏も役立った。面から球へ、皆陽気に唄った。

音楽が世界語であることは、一九七四年インドでの会議、ホームヴィジットの席で「植生の宿」を異口同音に唄い合った体験、世界中の仲間と心を通わす小さな機会を重ねることがやがて恒久平和に繋がるのだと学びとった若き日を静かに思い起こす。

日本では今、快適な時空を随処につくることができる。忘年会・新年会に続き、春は送別会や歓迎会、孫たちの成長には節目節目の祝い、金婚式や米寿の席もあろう。人生すべてを視野に入れるなら、慰霊祭や野辺の送りさえ「感謝」の心を磨く大切な機会だと思う。

春は初午祭の季節、加治木の一番駒を先頭に、田園地帯から踊り連が集まる。数年前姉妹都市海津から佐藤庄松・賢子ご夫妻が見えた折り、霧島市薩摩義士顕彰会の顧問森武盛さんが卒寿の足で終始ステップを踏まれた情景を静かに思い起こす。

二〇一四年一月二十五日には鹿児島空港ホテルで「ニューイヤーコンサートin霧島」が開催され、狂言の茂山逸平さんと歌手福冨貴子さんによる楽しげなトークを拝聴した。二十年ほど前、オペラ界の巨匠・有馬万里代さんが発言されていたコラボの大切さを仲間たちと味わうひとときだった。

（⑨　'14・3）

吉岡博子さん（鹿児島市）から届いた絵手紙

縁欠不生

在職時代の上司・郡司利男学長が監修された『四字熟語辞典』を片手に日本語文化を探究しようと目標を立てて彼此十年になる。古今東西に目配りしながら日本再建を旗印に語り合ってきた私たち。そのテキストともいうべき『モシターン』の編集長赤塚恒久さんらに励まされながら、私も時代の波に遅れてはならないと日夜努めている。

早朝Eテレで「こころの時代」を見ていたら高僧が示された悟りの道に啓発された。「縁欠不生」という熟語から〝生きる力〟を学んだのである。一九八五年にユネスコが発表した「学習権宣言」によれば、生きるための力量は諸力の合力化により培われるらしい。知力・体力・思索力・創造力・情動力・意志力・技術力・相互理解力・交信力などを各ライフステージにおける成長、発達を通して獲得し、全世代の人間力文化力を高めてほしいという誓願に思える。ちなみに意志力とは「自らの歴史を主体的につくり変えていくことができる力」を指すのだという。

私たちは二〇一四年二月、『学校空間の研究』(星雲社)を出版した。東日本大震災で崩壊した学校は海辺に建てられていた反省から、景観の優れた場所を豊かに持っている日本は今後「丘の上の学校」をめざすべきではないかという提案も入れてある。「学校の中の森」にも注目、「トイレの美化」といった身近な話題に対しても、清潔に対する態度増進、掃除を通して学習する勤労の価値に注目しながら論を展開している。看護学と教育学の接点にも注目したいものだ。

九州文化協会理事を引受けた頃から私は「九州は一つ」という言葉に魅せられた。グローカルな生き方にふさわしい「ふるさと文化」を育成したいという使命を持って行動したくなったのである。先日は福岡市美術館で「蘭亭書道展」を家族親族で見てきたが、太宰府天満宮賞は鹿児島市の甲南高校一年生・西香菜絵さんだった。恩師今給黎博子さんや家族とご一緒に表彰式へ臨まれた。九州沖縄各県の新聞社や放送局がそれぞれの賞を用意しておられ九州文化のすばらしい光景を見た。

父母の遺品を整理していたら薬師寺健良著『農村社会学』(昭和四年発行)が出てきた。同書の564頁では「精神文化への転廻、向上、進歩‥‥」をめざし、「社会学は必ずや象牙の塔を出でて田園に街頭に姿を曝すに至るであろう」と述べられている。生涯学習社会の在り方を予見した点が注目される。

このところ毎年のように、越年家族旅行を続けている。広島・長崎に続いて二〇一五年元旦は佐世保のハウステンボスを終日観光、運河の土手の風車を眺めながら、若き日、広々としたオランダに遊んだことを思い出す。佐世保の豪華なイルミネーション夜景もすばらしかったが、道中の田園風景にも日本人の心を和ませる魅力を感じた。ちなみに、佐賀県には多久の聖廟もある。

田園都市的文化環境の実現は大事業である。春雲碧水、寛仁温恵の境地に立って高望達志をめざしたい!!

（⑩ '14・4）

五風十雨

蔵満逸司さん出題のクイズで五風十雨を教わった。五日ごとに風が吹き十日ごとに雨が降る。豊作のために天気も順調であってほしい。田園都市的風景だ。新聞と並んでテレビやラジオにも生活の知恵が盛り込まれている。私一家はNHKのBSプレミアムをよく見る。朝は「里山」にドラマ、日曜夕方は大河ドラマに「日本のうた」、先日は日置市で収録の平尾昌晃作詞「ふるさと」に酔った。音楽や美術に国境はない。最近ジャンルを超えたコラボの企画が目につく。国民文化祭など全国を視野に置いた芸術世界からの「学び」を楽しみにしている。

文化は多彩な存在だ。衣食住を基本に真善美聖健富等すべての価値観を育て「生きる力」を磨いてゆこう。個人的には人間力、社会的には文化力を培うということになるのだろうか。

長年、大学で教育学を専門としてきたが、非常勤職場が今、看護専門学校という事情もあり看護学にも関心を持つようになっている。その際、先行研究と共に身近かな後輩たちからも助けられている。例えばダイアナ・スーハミ著『看護師イーディス・キャベル』を監訳した下笠徳次さん、「現代のエスプリ・看護という営み」(至文堂制作)を紹介してくれた杉浦美佐子さん、両人共加治木高校同窓生、母校を学問的ふるさとに他郷で精進してきた後輩たちだ。旧横川町出身の下笠君は山口県立大学を本拠にオックスフォード大学の上席研究員やロシア・サンクトベルグ大学の客員教授を兼務している。今、特訓でバルト海3国の言語を勉強中、「難聴以外は元気ですョ」と書き添えてあった。「花を支える枝、枝を支える幹、幹を支える根、根はみえねんだなあ(みつを)」その根を掘りあてたくて、五月には絵手紙仲間20数名で徳島大会に出かける。因みに当地の大会実行委員長は南薩勝目出身の上野隆さんである。

二〇一四年四月二十五日海津市治水神社と桑名市海蔵寺での薩摩義士二六〇年祭に霧島市からは26名で参列した。今回は旧市町全域から出そろって嬉しい。

春の一日、水の会の同志杉木章・寿子ご夫妻からミニ園遊会に招待され、アマミセイシカの満開をめでながら小さな文化サロンを楽しんだ。お互い貴重なシニア時代を精一杯生きている。親友は生涯の宝である。

「文化サロン」といえば、難解な哲学的論義を重ねるだけのことでもなければ、高度な芸術を鑑賞するだけの時空でもない。高校時代、京都哲学を身につけておられた久保平一郎校長が「平凡即非凡」という言葉を用いて私たちを導かれた場面を思い出す。衣食住の生活環境を整えて幸せな社会を築いてゆくために努力する仲間づくり、文化協会活動もその一つだと思えるのだ。

最近、私は「里山」風景に魅せられている。天地人三拍子そろってこそ里山の心が育つのだと思う。田園都市的生活環境の中で感謝の言葉をかわしながら生きてゆくお互いでありたい。

（⑪ '14・5）

薗田智美子さん（霧島市）から届いた絵手紙
霧島食の文化祭でご一緒されました

世界遺産

永年、国民文化祭誘致に腐心したせいか、一歩外に出ると見知らぬ人につい話しかけたくなる。悪い癖だ。二〇一四年GWの家族旅行は平和の拠点長崎へ。軍艦島へ渡る船上でもベルリンからのカップルに九州の雰囲気を伝えたくなった。東西陣営の壁《かべ》を打破して祖国をまとめたドイツ人やベトナム人は偉い！！　東アジアの平和を念ずる時、朝鮮半島が早く統一国家に戻り仁の心溢れる隣人としてお互いの良さを認めあう日がくるとイイノニナァー。軍艦島は近代日本の過去を吟味するための貴重な世界遺産である。名ガイド杉本博司さんの語りに魅せられた。「軍艦島」見学は二度目である。初回は二〇一二年七月の九州沖縄文化団体連絡会議で長崎県の方々がていねいに案内して下さった。

これより先、薩摩義士二六〇年記念祭の序《ついで》に顕彰会の仲間と高野山・神宮・多

2014.5.6　軍艦島にて家族と　　撮影：福永雅彦

度大社等を見物した折りのバスガイド稲田一恵嬢の博識にも圧倒された。今若い世代が各地で文化力を高めているのだ。鹿児島県の各地でも名ガイドさんたちが活躍しておられることだろう。

福岡国文祭前後から「九州は一つ」を論じあってきた私たち。このたび写真界で全国大賞を受けられた熊副穣さんは長崎出身だ。鹿児島県の第四代文化協会長に推薦申し上げた一人として、九州全域の文化力形成への貢献を私は大いに期待している。

若き日、日本近代教育百年史編さんという国家事業を体験させてもらった折り、官立の英語学校や師範学校が九州内では長崎だけに置かれていた史実を知った。「出島」の遺産をもつ長崎は近代文化の入口だった。稲佐山の夜景は世界一だ。今、長崎港には世界最大船上書店を擁するロゴス・ホープ号が初寄港、50ヶ国の乗組員が待機し、英会話カフェや「貧困体験」等も企画されていた。船長はオランダ人である。原爆投下の悲史をバネに真剣な街づくりをされている長崎の文教的風土から学ぶべきことは非常に多い。今、霧島市溝辺町出身の海江田義広君や鹿児島大学から移籍の深見聡君らが働いている。県境をこえて将来帰鹿してくれないかナァ。

グローカルという流れの中で真の世界平和を考える人材を育てることが大切だと思う。鹿児島県だけを念頭に置くなら限界がありそうである。苦労された先人に心から感謝しつゝ後輩たちと力をあわせて地球市民的文化を創りあげたいものだと切望する。

六月は田植えの季節、水を入れ、秋の実りを楽しみに、「晴耕雨読」の毎日でありたい。ふるさとのわが家にはビワの百年樹が天下一品の味をととのえてくれる。最近はサル集団と競争しているけど。秋にはレモンやばんぺいゆ、冬場は生しいたけを皆にさしあげる。これまた好評である。

（⑫　'14・6）

支えられて
実る

佐藤初美さん（姶良市）からお礼状として届いた絵手紙です。
わが家の畑には一本に約50コのばんぺいゆが育っています。
これは御主人の孝さんにあげた1つでした。

書画同根

「この渦の中に皆を巻きこむぞ!!」の文を添えて読者の絵手紙が届いた。鹿児島出身で徳島在住・上野隆さんの勧めにより二〇一四年五月二十八日十一時、鳴門の渦潮を観光船から眺めた、その時の仲間・川村智子女史が描いた絵のタッチには心がこもっていた。

どんなジャンルにせよ全国交流から学ぶことは大きい。実地での感動こそ文化創造の原点である。一年後の第30回国民文化祭かごしま2015から学びあえる成果を生かして各ジャンルとも新生面を開拓してほしいと切に思う。

電話もメールも未発達の頃、私たちは手紙や電報で消息を確かめ合っていた。妻が絵入りのハガキ通信を両親に送り始めたのは横浜時代の昭和四十四年五月十七日、親子の絆を固めながらその交換は今、次の世代に移行している。その間縦に横に仲間が増え、今わが家には毎日全国から絵手紙がどっさり束で届く。先年の徳島大会には仲間27人で参加したが、全国規模でつなぎつつある絆の何とすばらしいことか。私も思わず渦潮の中に引き込まれてしまいそうだ。

徳島では阿波おどり会館で学んだあと舞台で本番を見た。二〇一二年、私は国民文化祭開会式視察の折り「第九」に呼応した踊りを眺めたが、このたびは真下で迫力満点の舞台を見る。来賓挨拶に立たれた知事さんの笑顔あふれるすばらしい励まし、徳島文化の底力を感じた。

四国訪問第二夜は松山に移動、愛媛県の佐藤陽三文化協会名誉会長とは約十年ぶりの再会だった。私たちの懇親会にもすぐにとけこんで下さり自ら民謡を披露され、「個々に文化があるヨ」との励まし。

最終日は三輪田米山の書を巡るウォークをしながら、正岡子規博物館や坂村真民記念館、愛媛大学ミュージアムを訪問した。

内村恵子さん（姶良市）から届いた絵手紙

いくつかの関わりでこの頃は関西によく出かける。二〇一四年は岐阜へも徳島へも伊丹空港を利用したが、三度目は久々に高速バス「トロピカル号」に乗車。早朝梅田到着なので竹馬の友に連絡したら5名迎えにきてくれて十年ぶりの久闊を叙す。昔も今も変わらないのは友愛の花、土産には溝辺の庭で実っていたビワを少々持参した。

一泊二日、関西大学千里山キャンパスに集う。二〇一四年初夏のWEF国際教育フォーラムの記念基調講演はヘルシンキ大学のラッセ・リッポネル教授、「世界は一つ、教育は一つ」をめざすWEF精神を地でゆく内容だった。

（⑬　'14・7）

先祖供養

葉月は自然界が太陽の光を浴びて力を貯えていく季節、と同時に、新日本の出発点「終戦」の日には国民として黙祷をささげる月でもある。先人への思い、特に先祖供養を忘れてならない時節なのだ。「千里の道も一歩から」と教えられた少年時代をふりかえり、これまで私たちは人間力・文化力を高めるための努力を続けてきただろうかと反省する毎日である。

大正期の日本ではデモクラシーの波に乗って「児童の村」を掲げる新教育運動の実践が各地で光彩を放っている。先月兵庫県明石の神戸大学付属小・中学校をWEF(世界新教育学会)の仲間たちと視察した。そこで感銘したことは、同校の先生方が日本のJ・デューイとされる及川平治先生の教育精神を追慕しつゝ、自主研究会を継続しておられる頼もしい姿であった。今、子午線の南に位置するオーストラリアの学園とも連絡をとり子どもたちに誇りを持たせておられる。同校ではＯＢの方々まで参画され、教育方針やカリキュラムを改良しつゝ地域文化力の開拓に力を入れてこられたという。

戦後、文部省では「教育と文化」を大方針に掲げた。ＰＴＡは「家庭・学校・社会と世界をつなぐ橋」と定めている。近年、全世代全地域を対象に生涯学習を推進しているわけだが、旗手の一人が霧島市出身の福留強さん、松戸の聖徳大学を拠点に全国行脚を続けておられ、私も秘かに応援してきた。

長渕剛さんの音楽には親思いの心が込められている。第二のふるさとは福岡、私もそこで学生時代を過ごしたせいか、街の雰囲気が忘れられない。アジア友好を旗印に留学生も急増してくる流れを見据え、世界の来し方ゆく末に注目するよう導かれた恩師・先輩の励ましを受けて志を立てていた青春、大切な時空だったんだナァと静かにふりかえる。

私は、東京遠征を経てUターン後早くも三十余年、研究の関心は地域文化に魅せられ、鹿児島・九州・日本とひろがる地球市民の幸せを産み出す文化の活性化を人生目標にしたくなった。「古への道を開きても唱へてもわが行ひにせずば甲斐なし」という薩摩精神を信条に、治山治水・世界平和・道義高揚等につながる生活実践の日々を過ごしながら、後期高齢者として次の世代に夢をつなぎたい。

二〇一五年越年家族旅行の道中で孫の一人に島津日新公の「伊呂波」うたをコピーして渡したら目を輝かせた。私も幼き日父から教えてもらったことを思い出す。志學館大学教授の原口泉さんは全首を暗誦されているようだ。鹿児島文化のエキスというべきか。

（⑭　'14・8）

冠婚葬祭

空港の町にいると、東日本各地も身近かな存在だが、九州本土は陸路で移動する確率が高い。先日姪の婚礼に博多へ出かけた折り高速バス車内で『ひとＲＥＴ』を拝読、かごしま探検の会・東川隆太郎さんの文を発見した。国分での電話業務開始は明治四十三年、電話は昭和十四年頃でも郵便局単位に交換手が取り次いだものらしく、国分進行堂は15番だったという。

二〇一四年七月末、九州賢人会議所設立総会に呼ばれ、高齢者の社会的自立・人的資産の活用をという福岡からの提案を拝聴した。「賢人」は一寸気になる表現だが、後期高齢者は賢く生き抜こうヨと説明される。歳をとっても学びを忘れるナというのがねらいなのだろう。

八月は原爆投下で日本敗戦、平和の誓いがなされた月、毎年靖国参拝が取沙汰されるが、何百万という英霊の中には無名の市民農民が多数おられることも忘れてはならない。恒久平和への道標を掲げるならば赤十字精神でグローバルな立場から行動すべきだと私は思う。

宇曽ノ木川で灯籠祭を企画した先輩は立田俊廣さんだった。その志に感動して水の会が協力した「竹山七夕灯籠まつり」、二〇一四年夏も約60名集まった。空き家を有効利用し、参加者持参の短冊を七夕飾りに仕立てた上で、黙祷をさせてもらった。学校まで往復3里の山坂は西郷さんの城山帰還路である。夏の七夕、十五夜の綱引き、部落学芸会など少年時代の思い出も多いが、伝統行事の大半は人口減少と共に消えて久しい。

先祖さま達が見守る中でのミニ文化祭、今年は甑島出身の黒木景子さんが来られ、国分あすなろ絵手紙仲間でＡＫＢ48を踊ってくださった。竹子小の榎本眞人・元校長は種子島の鳥刺舞いを、始良市の清永秀樹さんはバルーンアート、加治木小山田を本部とする詩吟の会、蒲生太鼓の横笛などが続く。朝隈澄雄さんや末永利治さんといった溝辺の自治公民館長ご夫妻、丸山重記文化協会長、西郷公園の有村吉朗社長や東郷誠吾さん、竹山ゆかりの親族、一の木会メンバー、、・・・参加者一人一人の顔が目に浮かぶ。感謝!!

お盆の初日は高校野球に釘づけ、大隅の雄都鹿屋の若者が鹿児島の文化力を全国に示してくれた。大学の先輩でNHK鹿児島の元局長・立元幸治さんも鹿屋の御出身。八月中旬、ラジオで文化講演会を拝聴し久々に電話で語りあう。題して「多摩霊園物語」、冠婚葬祭の角度から見ると墓は時代の表現者だと言われた。地域活性化を目標に七夕灯籠祭りを企画実践している私たちシニアの役割は何か。文化論を静かに味わってみたい秋《とき》である。

(⑮　'14・9)

池田眞佐子さん（鹿児島市）が
二見家の庭木を写生された絵手紙
約10米の大木の枝を剪定したら、
霧島連山や桜島が見えてきました

地域創生

ホテル京セラの隣にある「サンあもり」で住吉重太郎さんの南米写真展を見てきた。ブラジルと日本の時差は十二時間、朝日と夕日の違いだ。イグアス滝付近はパラグァイやアルゼンチンとの国境地帯、隼人町ご出身の徳吉義雄さんの大農場には柿やポンカン、玉蜀黍《とうもろこし》が実っていた。昨今、日系ブラジル人が日本にも多数訪れている。一般には労働市場の変化から見がちであるが、私が研究している比較教育学の立場から見ると世紀を越えて深く考察すべき課題とされている。特攻隊出撃予定の日に敗戦となり幸い生き延びて今や九十六歳、老人ホームにおられる福間旭さんはブラジルでの信用を築かれた日本人として高く評価すべきだといわれている。

北米のナイヤガラには娘の友子が学生時代にＷＥＦの仲間と出かけた。おかげで娘の子育てにはいつも世界が見えているようでうれしい。加齢世代もちょいと海外視察を続けたいところだが、今なすべき研究課題を形にするためにしばし休憩しておいた方がよさそうである。

若き日、恩師や先輩から「地球市民をめざせ」と導かれたせいか、環境問題一つを考える際も「治山治水」にはじまる大自然への動きが気になる。さらに世界的規模で私たちの生き方を修正したいと自戒自覚する今日この頃だ。

霧島市名誉市民、今吉衛さんが米寿をすませて天に召された。氏のエッセー「としよりのひとりごと」(二〇〇一・三・一〇)を繙くと、溝辺や横川をまとめた高台地に約二万人。過疎地域を予想しつゝも建設的な構想が書き止められていた。「ビルに空港駅をつくり、地下鉄で隼人方面に出る。鉄道は電化複線化し、県都も通勤圏域とする。加治木港を整備し航空機燃料はパイプライン化する。」「南アジアを視野に入れた研究施設か国際村をつくる。国や県の施設も受け入れて良い。」「隣人愛の薄い過密の街より〝山には木を、里には人を〟と教育のできる水清き過疎の町が好きである。そこには、故郷の為には誠をささげ、友の為には涙を流し、自分の為には汗を出す人が多く住んでいるような気がしてならない。」「……」「……」と。

空港前の西郷銅像は今吉町長の置き土産だと言う人もいる。そして晩年の西《せ》郷《ご》さあを癒してくれた日当山や溝辺。「十三塚原に空港建設を計画した当時のことを国や県は忘れていないか。」「全く不透明な国土の姿、このトンネルの長いことよ。」とぼやいておられる。

今吉町政の頃、溝辺では上床公園で「はらっぱ村のカーニバル」、西郷公園で「南九州現代彫刻展」を開いたが、ポンと数百万円の予算を決済されている。地域創生に尽力されたお姿に接して久しい。今、草払いのあとの野や田には彼岸花が顔を出しはじめた。「アタィヤ、ホガナカドン、タンボィナ、モ、ホガデッキモシタド」。

（⑯　'14・10）

黒木景子さん（霧島市）から届いた絵手紙

心願成就

国分山形屋で霧島市内小中学生たちの社会科自由研究展が開催されていると聞き妻と出かけた。何だか少年時代に戻れたような気分で作品に見入る。そこには「村岡花子の生涯」を長い巻物にしたものや「古川家々系図」、「西郷さんてどんな人」のような歴史研究に混って「原発は本当に必要か」のテーマで正義感あふれる提言なども何編か見られた。若者が世の中を広く深く読み取るために夏休みの自由時間を真剣に「学問」した足跡が刻まれ頼もしく感じた。

少し歩いて市庁舎のホワイエでは国分あすなろ会による絵手紙展、熟年世代が心を寄せ励まし合いながら真の友情を確かめあう美しい姿に感動した。「夫へ」というテーマで家族愛を具体的に表現しているリレー巻物等も10点、その他色々。

空港近くに聳え立つ西郷公園ギャラリーでは永山作二さんが率いる霧島市文化協会主催の書道展や絵画展さらに写真展……と続いている。この動きは、南日本新聞でも大きく報道され、活性化を念願してきた私たちも応援している。

こうした地域の動向を観察しながら、鹿児島県全域の文化振興を考える毎日だ。文化力とは心願成就の体感というべきや。

二〇一四年春、隼人町史談会の有川和秀会長から呼びかけられ、約六百点の写真アルバム『霧島・姶良・伊佐の昭和』を編集する仕事に私も協力することゝなった。名古屋の樹林舎が全国各地で企画の労をとっておられる。何と有難いことだろう。少し高価だが手に取って見てほしい名著になった。

全世代全世界に光のあたる民衆文化の創造こそ人生目標だろう。ふるさとの多彩な動きに啓発される昨今、シニア世代としての責任を感じる。私たちを育てくださった親や先輩たちの地域愛そして家族愛にあらためて感謝する。謙虚な心で自省を重ねながら各地に、新鮮な里山風景を再現したいものである。

二〇一四年寒露の十月八日、天空では皆既月食、ベランダで涼みながら全国各地に住む親族や知人と電話しあった。ノーベル物理学賞の発表が前日にあり、九州初の受賞者赤崎勇教授の功績を讃える報道が行き交う中、天空に輝く月や星たちが地上のわれわれに光の言葉をかけてくれる。

第30回国民文化祭inかごしままで一年、「もういちど、日本」をめざし全国から集まってくる大事な祭典だ。天地人、陸海空、三拍子出揃ったわれらが故郷に末永く栄光あれ!!

蛤《はまぐり》のふたみにわかれ行く秋ぞ（芭蕉）

（⑰ '14・11）

中島真里子さん（鹿児島市）から届いた絵手紙

質素倹約

天空を眺めながら世界のこし方や行く末を真剣に考えたい齢になった。陸海空三拍子揃った県央《けんおう》地域にも全国から多くの方々が来てほしい。サンありでの溝辺どんぐり会絵手紙展に妻が誘ってくれた。今回も言葉探《さが》し・・・・「あった!!あったョ!!」花火の絵に添えて「空には国境や壁がないのにナァ」と上薗昭子さんの心願。

霧島市が①道義高揚、②国際文化、③環境共生、④増健食農、⑤非核平和を憲章に定めてまもなく十年となる。緒方祐二さんの音頭で私たちが薩摩義士顕彰事業を組織したのは八年前だった。仲間たちと体験を通し道義に関わる色々な学びを重ねている。国分さつま会の方々とは田植えに始まり秋には稲刈りのあと餅つきをして山元八兵衛慰霊祭の日、全員でおいしくいただいた。

今、一番大切な目標は全世界全世代を対象にした生涯学習の推進だとみんな思い始めている。絵手紙文化等への応援も凡人のささやかな実践なのかも知れない。かごしま国民文化祭の翌二〇一六年五月二十六日には絵手紙の全国大会を宝山ホールと城山観光ホテルで開催予定だ。皆で応援してほしい。

それにしても世の中はまだまだ貧富の差がありすぎる。世界一ぜいたくな暮らしをしている祖国日本、戦中戦後の生活を振返るとき、「もういちど、日本」「本物。鹿児島県」の真意をまじめに考えてみたい。私の学んだ教育哲学では「もったいない、ありがたい」の理念を地球市民らしく実践に移すことだと教わった。生活面では質素倹約、精神としては質実剛健を原点にすると達成できそうだ、と私は信じたい。

原発問題は今世紀のダイナマイトになりかねないと多くの人が言う。大自然の摂理に叶った原理でエネルギー開発をすすめた方がいいと私も思う。先般、南日本新聞で紹介された地域活性化への努力「用水路使い小規模発電」の実践報告。十数年前、志學館と鹿大の学生たちに呼びかけ、萬田農園で田植え実習をしたことがある。今年は稲刈り後の昼食時間に学生と絵手紙塾の仲間たちが「食と農」をしっかりと語り合った。

有川原の「赤ソバじゅうたん」の写真は大自然が導いてくれた美しい里山風景だった。竹馬の友、木場幸一君に、私は早速「花も実もある農業だネ」と送信した。

二〇一四年の霜月初日は宝山ホールでのプレ国民文化祭 in 鹿児島に招待され喜んで出かける。霧島アートの森の川口幹男元館長や哲学者濱里忠宜先生たちにも喜んでいただきたかった光景、会場では国文祭誘致に全力を傾注された武昭一県議さんらとも久々の再会、鹿児島文化の花と実を喜び合った。

勤労感謝の日が過ぎると年末年始への諸準備が始まる。お世話になった方々へ心を込めた挨拶をして新年を迎えたいものだ。

（⑱　'14・12）

小向井一成さん（さつま町）から届いた絵手紙

尽己報郷

二〇一五年に入った。「あけましてお芽出とうございます」　芽を出したい、それは誰もが願う心である。学生時代父からもらった和歌の一首、〝努力して事の成る日の嬉しさは吾一人知る神の面影〟志を達成するためには何としても努力が肝要。でも志を成就したとき喜び合える席に親が生きているかどうか、それは神のみぞ知ること、という程の意味であろうか。

『学び』第59号の中で、池田弘先生は「亡き父母に捧ぐ・・・・神様どうぞ叶えて下さい！！」と書き出しておられる。全盲の青年が「もし二十四時間、僕の目が見えたら・・・・初めの半分は全部全部見たいですが、後の十二時間はお母さんの膝《ひざ》に抱かれてお母さんの顔をじっと見つめていたい」といいながら咽ぶように泣き出した」というエピソードを紹介しながら、愛の本質に気づかせて下さった。

シニアの入り口に立ったわが人生の来し方ゆく末を考える時、朱熹の詩「一寸の光陰軽んずべからず」を思わず口吟んでしまう。小原国芳編『真人の言葉』の一角には「棒ほど願って針ほど叶う」とあった。近代日本の指南役福沢諭吉の生き方は大平民、苦中楽の世界で伸々と生きぬく人間像を示しておられる。拝金主義に毒され、権力闘争に明け暮れている人々の何と多いことか。そんな人間にはなるまいぞ！！と誓った青春時代を忘れたくない。

親孝行を離れて家族や近隣の幸せは築けまい。〝尽己報郷〟を墨書提示された義父井上義之の四文字はUターン後わが家の生活指針であるが、理想と現実はなかなか結晶しない。家族の幸せなくしていきなり地球市民でもあるまいが、大きくは世界平和、環境保全、生涯学習などに繋がる生き方を私は選択する。

先般、南日本新聞で紹介されていたローマ法王の言葉「人類はヒロシマやナガサキをしっかり学んでいませんね」という呼びかけに私は深く感動した。「愛は原爆

豊廣良子さん（霧島市）から届いた絵手紙

よりも深し(Love is more powerful than the atomic bomb.)」は一九七三年夏ＷＥＦ世界新教育学会東京大会の折り、インドのシャー女史が示された理想の教育方針であった。

古今東西、多くの賢人たちが示して下さる哲学的世界を、今こそ全地域全世代で学び合いたいものだ。忘年会に続いて新年会等で励ましあった越年、二〇一五年も皆で良い年にいたしましょう。

(⑲ '15・1)

相互敬愛

「愛とは心を幸せにしようとする意志」だという。青春時代、教育哲学の中で学んだ愛の表現はエロス、アガペー、フィライン等であり、特に太陽の愛ともいうべきアガペーの価値を重視すべしと教わった。郷土愛、家族愛、隣人愛等の本質をどのように追求したらいいのか。半世紀もの間考え続けてきた研究テーマだ。

冒頭の定義は『氷点』で一躍世に出た三浦綾子女史が夫の光世《みつよ》さんに言われたのだという。三浦文学は御夫妻の「相互敬愛」の中から生まれたものではないか。戦後急旋回した日本の思想界をリードしていただいた文学の世界、その中からにじみ出てきた愛の定義、これに啓発された日のことを今、静かに思い出している。「今と昔」を比べながら、われわれシニア世代が書き遺しておきたいことは山程ある。四字熟語に託しながら「ふるさと」を多角的に考察してきたわけだが、妻に言わせると、「先達隣人の言行を紹介することに終始しすぎて本来の自己表現が不充分なのではありませんか、」との指摘。「そうだネェー」と謙虚に自己反省をしている昨今だ。

今、日本人に課せられている使命は、地球の環境をしっかり守り、世界平和への道を拓き、生涯学習社会の中で「学び」の在り方を根本的に問い直してゆくことだと思っている。

国では「地方創生」とわざわざ言わざるを得なくなったわけだが、実際ここ十数年の間にどの地域も都市化に伴なう過疎化現象が充満し、森林は放置せられ、田園は荒れ、集落は崩壊し、子どもたちの夢も矮小化され、道義高揚の旗をあげなくてはならないような雰囲気がひろがっているのが現実である。

ここで、私は心から提言したいことは大自然の摂理を知り、恒久平和をめざした文化日本を築き上げる努力である。その前提として「相互敬愛」mutual respectの精神で「真善美」の世界を追求し、全世界全世代に光を灯もし心を磨いてゆく人間形成の態度を確立することだと思う。

志學館大学在職時、上司・砂川恵伸学長が「二見さん、大人同士のつきあいには骨が折れるでしょう。頑張ろうね」といわれたことがあった。

西郷さんが苦悩の極地で悟られたという「敬天愛人」の世界を学ぶことも前進のための前提ではないだろうか。

天地有情に集約させて筆を擱く。

（⑳　'15・2）

鹿児島空港前西郷公園に建立された
銅像は高さ日本一である（109頁参照）

〔解説〕
23頁の絵手紙は今田明子さん（鹿児島市）から届いた一枚です。二〇一六年五月二十六日に鹿児島市の宝山ホールと城山観光ホテルを会場にして開催予定の絵手紙全国大会に備えて。燃える意気ごみを表現されている年賀状です。95頁参照

２０１４．１．２４　国分海浜公園にて（121頁参照）

「学び」十編

大きく心を磨きたい

一九七三年夏、WEF（世界新教育連盟）の総裁として来日されたインドのシャー女史が開会式で挨拶された「愛は原爆よりも深し（Love is more powerful than the atomic bomb.）」という新時代の指針を、今静かに思い起こす。

精細な記録を辿ればこうなる。「伝統的な学問の厳格な分野にしたがって組織づけられている教育は……この世界に貢献するような学際的、国際的アプローチに道を譲らねばなりません。……教育は創造されなければならないものです。学校と生活の差が少なくなればなるほど、学校はより良くなり、もちろん生活も良くなります。何事にもまして我々は人間を尊重しなければなりません。物質的なものよりも、政治的信念や制度よりも、軍事力に追従的になるよりも、また、狭い愛国心よりも大事にしなければなりません。人の心が愛と同情の鼓動に敏感である限り、人類は救われます。」と述べた上で、愛の深さ大きさを高らかに主唱されたのだった。

最近ローマ法王が寄せられた世界へのメッセージ「人類はヒロシマやナガサキの教訓をまだ充分に学びとっていない」という警告も注目に値する。もしシャー女史が健在であれば、きっと同調されることだろう。

日本一の人物像が建立されている霧島市溝辺の西郷公園で南洲翁の漢詩「示子弟」を研究仲間と味わう機会があった。学問の中心たる天理天則を把握できれば志気元気が振るい起る。世の中はもつれた糸のようだが、千年を経てもびくともしないものは「仁」である、と解説されていた。

花には太陽を、子どもには平和を、人間の自然な生きる力を信じて、明日の世界を築くための大きな大きな心を磨いてゆくこと、教育哲学で学びとった諸論の内実を私たちも今真剣に考えてみたくなる。『学び』同人としての歴史的責任を感じ合う今日此の頃だ。

（『学び』60）

世界平和はアジアから

南海の小島をめぐる反日デモの情景を眺めながら、国家間の友好関係がたちまち壊されていく現実に心が痛む。私はアジア教育学会の会員として、この半世紀、日中文化交流史をライフワークにしてきた。テーマは中国人留学生教育の父・松本亀次郎を中心とした日本語教育の成立過程である。「論文集成」は一九九四年に一度纏めている。

幸い、会員で東京大学大学院在籍中の留学生韓立冬君が、拙稿を先行研究に位置づけながら目下学位請求論文作成中、私もすでに数回面談した。実に礼儀正しい学生だなあーと信頼している。と同時に、学問分野テーマの上で有能な後継者が出来たことに満足と期待の念いっぱいである。

かつて松本亀次郎(一八六六〜一九四五)は、若き日の文豪魯迅を教えながら中国語を研究してテキストを作り洛陽の紙価を高めた。その後大正の初め「日華同人共立東亜高等予備学校」を神田に創設、革命の志士周恩来(来日時19歳)にも心を込めて日本語教育を施している。

縁あって私も中国の日中関係研究会に招待されたり、NHKスタッフと訪中取材、ETV特集「日中の道、天命なり」に協力した。天津にある周恩来紀念館では「日本で最も尊敬できる先生」というわけで一室松本コーナーが設けてあった。さらに松本亀次郎の出身地静岡県掛川市では二〇一一年十月十四日に顕彰会が正式に発足した。先般連絡を受け私も元知事の石川嘉延氏らと共に顧問を引受けることになった。研究者としての発言がほしい由、光栄の至りで責任を感じている。

今、政治経済上は対立の日中だが、文化面では友好交流の灯を点し続けたいという良識ある人々が動いている。地球市民の見地から言えば文化に国境は存在しないのだ。冷静になって領土問題も解決したい。世界平和はまずアジア地域の絆づくりから始められよう。

（『学び』 51）

先人に学ぶ

「第一級資料をぜひ!!」という藤浪三千尋さんの勧めで購読の『加納久宜《かのうひさよし》集』(二〇二一年十二月十二日冨山房発行)。大学南校に学び、文部省役人や校長を経て法曹界へ、貴族院議員も勤めた。明治二十七年、四十六歳で鹿児島県知事に就任、私財を投げ打ち疲弊していた県を模範県に仕上げた功労者。編者は松尾れい子さん、A5判800頁、その大半は大正十四年六月発行『加納久宜全集』と昭和十七年十一月発行『加納知事小傳』の復刻だが、最新の研究資料等も補足してあり、明治から大正にかけての教育、農業、地方自治、各地の生活を再考する上で必見の書だとお見受けした。

彼は、日本農政の父、産業組合の育ての親、日本体育会々長等々、公益事業の実践者とされている。私たちの研究テーマ・岩崎行親を招聘したのもこの文教知事であった。

知事在任当時の「巡回私日記」「出張・上京記事」が目に留まった。私の故郷・溝辺を訪問されたのは明治二十九年六月二十日である。「溝辺村役場は、昨年の新築に係り体裁頗る整へり、隣地は小学校にして是亦新築に属し、村柄に比すれば上出来の観あり、本村の基本財産は二千八百円余あり・・・」を読み、わが父母が生まれた頃の母校の姿を想像した。

全世代全地域に目配りした公益事業を推進するため、知事自ら県内各地を巡回され情報を集めておられた姿勢に深く感動する。かつて西郷隆盛は若き日農村を巡回視察し、その報告内容が島津斉彬の目に留まったという。県政トップの足跡が今に生きている姿を尊く思う。

数日前、私は加治木郷土館から小原騮馬著『西南秘史・川上親晴翁傳』(A５判３３０頁・昭和十七年十二月刊)を借出してきた。西郷隆盛・大久保利通両雄を公平に評価されている姿にほっとした。旧制福山中の創設者・田中省三も若き日、川上先輩に助けてもらったという。

忘れかけられた巨人たちを身近なところで再発見していく喜びは大きい。

(『学び』 52)

文化日本への道

『学び』には多彩な文化論が登場している。三年前『学び』第41号にも注目すべき論考が刻まれていた。例えば奈良迫英光氏の「郷土愛を育てよう」、県観光プロデューサーとして全国を視野に置いた「郷土愛」の現状を分析。結論は「学校での食育への取組や郷土の歴史、地域の魅力に触れる機会を増やすこと」である。竹子農塾主宰の萬田正治氏は「遊びながら学ぶ」と題し、四十年近く山羊を飼ってきた実践から「もっと子供たちを戸外に出して集団の中で遊びを取り戻そう」と提言されている。

二〇一三年四月二十六日、わが家には約60名の絵手紙仲間がやってきた。新学期初回というわけで塾主の妻から講話（約三〇分）を依頼され、私はいささか緊張したが、元わらび座俳優の黒田龍夫・ふみさんらも参加され、鹿児島の皆さんと語り合う。

講話の中で、私は六〇年前の作文を配った。十三歳の中学生が『南日本新聞』（昭和二十八・三・六）の「学生登壇」で自己主張した記録である。生意気にもこんな発言を刻んでいる「日本の再建のために・・・一人一人が本当の文化人に成らなければ・・・」。県立図書館のマイクロでこの記事を探しあてたのはUターン(昭和五十五年)まもない頃なので、約三〇年間温めていたことになる。

国民文化祭かごしまを目前にしているが、シニアの体調を考慮してそろそろ勇退すべき頃だと思いはじめている。しかし、夢の中で描いた少年の志はわが文化論の原点であることに変りはない。

作文のテーマは「文化日本への道」、静かに読み上げたら、会場から拍手をいただいた。原文は先のエッセー集『源喜の森』に記載している。

人間美学を文学化されたのが海音寺潮五郎先輩、母校加治木高校の文学碑には「今年(昭和五十年)七十四という歳になった」と刻んでおられる。私もその歳になったのだ、と今しみじみ思う。これからも文化日本への道をみんなで歩いてゆきたい。

(『学び』 53)

森で遊ぼう!学ぼう!

自然体でいると思わぬチャンスが出てくる。数年程前のある日、有村啓太君や大坪元気君らを先頭に、若者たちがわが家に来た。「先生の山や畑や田んぼをしばらく貸してもらえませんか。皆で遊び場をつくりたいのです」と。

子育て最中の人を含めて約30人ほど、何か自然との接点を求め、楽しい遊びの中で本物の文化を学び合いたいという人たち。何度か語り合い、当分の間、田舎の空き家と倉庫を共用しながら、自然体験の道場を創るためのお手伝をすることに決めた。

父祖の地にUターンして三〇年を経過、そろそろ過疎地の古屋敷は取り壊さなくちゃなるまいかと思いはじめていた矢先のハプニングだった。この若者たちは天使だろうか。その純真さ、熱心さ、礼儀正しさ、初対面なのになぜか息子や娘や孫のような気がしてきた。

日本青年館に事務局をもつ「あしたの日本を創る協会」の情報誌『まち・むら』

119号には、静岡県のNPO法人まちこん伊東の近況がグラビアで紹介されている。「自然とふれあおう」と集まってきた子どもたちの様子を眺めていると、日本全体をまきこんでいる受験社会からは想像もつかない新世紀の息吹が感じられる。

実は、私たち七十代の少年時代、このような田園風景は随処にあった。経済復興の中で都市文化は急速に整えられたが、一方、自然の森で人間本来の力を発揮できる環境は失われていく。そんな世相危機を先取りし、まずは「森で遊ぼう!・学ぼう!」と呼びかけている若者たちが生まれているのだ。

私たちの拠点は「源喜の森」と呼ぶことにした。山頂にはツリーハウスを建設中。ちなみに源喜としたのは、私の先祖に源兵衛さんや喜惣太さんがいて、井戸を掘り、石垣を積み、水田開墾にも力を入れておられたことへの感謝・尊敬に由来する。

(『学び』 54)

竹中大工道具館

終戦後、生活の拠点を父祖の地に築かなければならなくなった時、わが家では先祖代々の持山の木を大工さんに半分あげるやり方で農家住宅に仕立ててもらった。その過程で小学生の私は木工に興味を持ったようだ。木工実習は父が指導者であり、学校では牧野徳蔵先生による工作の時間が待ちどおしかった。

二〇一三年十月十一日、竹中工務店の育英事業で新奨学生のために「竹門会」ＯＢとして一言を依頼され大阪に出かけた。会合は夕方からなので伊丹到着後三ノ宮まで走り公益財団法人竹中大工道具館を初訪問した。極める（１Ｆ）、造る（２Ｆ）、伝える（３Ｆ）と銘打ち、古今東西の大工道具を見事に収集整理してある。職人気質のにじみ出ている大工・鍛冶の心意気が輝きを放つ道具類に表現されていた。例えば1階中央には法隆寺の模型も置かれ、古代の建築工事を連想させる。3階の研究室では若手所員らが紀要やビデオ作成に専念しておられ、夏休みには子ども体験教室も企画の由、

「技と心」が館内に充満していた。竹中精神の根源を見る思いがする。

竹中育英会は五十年の歴史を持ち、約3千名のOBが諸方面で活躍している。式典の後プログラムの最後は分野別交流会、私は哲学教育学の分科会に加わった。学生、OBの全国交流は将来きっと豊かに実ることだろう。私自身ここ数年一橋大卒の土師野良明さんと心を通わせている。孫が国際キルトジュニア部門で第1位になった折には東京ドームまでわざわざ祝福応援にきて写真を撮ってくださった。

そろそろ父の古い道具箱をひっくり返してわが家にも小さな博物館をつくってみようかなと思ったりする。月末には新装なる伊勢神宮や法隆寺を見学に出かけることにした。酒井和彦作詞・一ノ瀬義孝作曲の『竹中育英会のうた』には「未来を築く使命をおびて」「理想を求め力のかぎり」「肩組み合って　さあ行こう」の一節がある。

（『学び』 55）

凧《たこ》と独楽《こま》

道路脇に「いちい」の木が立っていたからだろう。少年時代私たちの遊び場所は「イチノッノババ」と呼ばれていた。今「一《いち》の木会」と称する若者グループが遊びに来るが、不思議な御縁を感じる地名である。その馬場で男子は独楽を回し競い合っていた。そもそもコマの由来は朝鮮半島の古代国名「高麗」らしい。

先日、NHK俳句で小田原の方が「独楽澄んで太陽系に加はれり」と詠んでおられた。小さきものへのまなざしが今や宇宙までを巻き込んでいた。昔は男の子は独楽、女の子は羽子つきだったことも思い出される。昨今、ゲートボールやバドミントンがブームだが、その遠因なのかも、と思ってしまう。

正月の凧あげも楽しみの一つだ。凧は古くから中国やヨーロッパで見られた遊び、日本へは中国から伝来したに違いない。絵凧に字凧、奴凧にうなり凧……昔は村落の競技だったらしい。私はふと『十五少年漂流記』を思い出す。日本では長崎や浜松の凧が有名だ。

昨年夏、寅さんの柴又で絵手紙仲間のお母さん方と凧あげを楽しんだ。江戸の河川敷で大隅から持参した凧を空高く舞い上げたところ大拍手！！

あの時の感動を地元霧島市でも味わってみたいナァというわけで、まもなく国分海浜公園に絵手紙仲間が再度集まる。指導者は黒木良光さん、凧作りの名人だ。ユニークな行灯《あんどん》凧を先頭に参加者70人の連凧にして約３００メートルの高さまで飛ばす計画である。そのリハーサルに私もお付き合いしたが大成功だった。本番を今からワクワクドキドキしながら待っている。

宇宙探検への夢は凧あげの思いと重なる。世界中が平和になり、各地で凧が天を舞う風景はいいだろうナァ。江戸時代享保の頃、浮世絵の一枚絵を揚げた庶民の心意気を想う。各地の天空に世界平和の願いを込めて凧をあげてみたらどうだろう。

「凧のうた」の３番には「あれあれ下がる　引け引け糸を　あれあれあがる　離すな糸を」とある。平和凧の糸を旗手は離してはならない。

（『学び』　56）

ダイヤモンド富士

池田弘先生の日本民間教育大賞を心から祝福したい。ここ数年『学び』同人として御親交いただいている先生から日頃賜っている励ましの言葉ほど有難いものはない。

さて、平成二十四年夏、拙著『みんなみの光と風』の序文で池田先生は二見ヶ浦の風物詩サンライズを引用しながら「ダイヤモンド富士」について紹介された。二見ヶ浦の「夫婦岩」、二つの岩の間から昇る日の出の輝き、それは美しい人間愛を奏でる感謝の思いだという。

翌年と昨年、秋と春に続けて2回二見ヶ浦に出かけた。神宮の式年遷宮の様子を有志と拝観する一環に「夫婦岩」も眺めることとなった。伊勢湾は大和の文化が太平洋をめざして走り出す場所である。あたかも霧島ジオパークにひろがる神聖なる文化が錦江湾を経て南海の島々に向かって伸びてゆくように、森と海の精が私たち人間を美しい世界に誘なってくれそうな風景に類似している。

遥か昔、太陽の昇る地、常世の波の寄せる国が伊勢であった。『永遠の聖地』の著者・千種清美さんは「四方を山に囲まれた大和の人々にとって伊勢の海は、豊穣と永遠のシンボルとしてまばゆく映ったに違いありません。」「勇猛果敢な行動をとる倭建命、と優しくも強い精神力を持つ倭姫命、ヤマトの名を冠した男と女に古代の人々にとっての理想像を見る思いがします」と解説している。伊佐市出身井上雄彦著『承』に盛られた風景も心に残る。

二〇一四年春、伊勢湾の一角にある海津市治水神社と桑名市海蔵寺で薩摩義士没後二百六十年の大祭が行われるというので霧島市からも市長以下26名が参列した。伊勢湾、錦江湾両文化交流の美しい時空だった。伊丹空港から高野山に直行し、神宮、二見浦、多度大社、円成寺を経て木曽三川公園に進む二泊三日。

伊勢神宮の内宮から流れ出る五十鈴川の河口にあたる二見ヶ浦。「倭姫命があまりにも美しい景色を名残惜しいと、二度も返り見られたためにその名がついた」という。

（『学び』 57）

瑞気集森

梅雨の晴れ間に、鹿児島民具学会で大木公彦教授の講義を拝聴した。「学問の力ってすごいのね」とは妻の感想。先生は石片の科学的分析を進める中で「これまでの通説は書き換えられるかも」と言わんばかりに楽しそうな語り口だった。恐竜の骨が甑島で発見された所以は当時のアジア大陸は中国や日本が地続きだったからだといわれる。

霧島市のシニア大学から講義依頼を受け、私は「大隅の歴史」に挑戦してきた。旧市町の郷土誌等をいくつか再読、『溝辺町郷土誌』には縄文式土器発見の図で有川竹山が出ている。ここはわが父祖の地だけに太古の昔から人々が住んでいたムラなのだと一寸うれしくなった。

ふるさとでは昨今「大隅建国一三〇〇年」を掲げた歴史研究が盛んだが、聖徳太子の活躍舞台はその百年前すでに築かれていたようだ。考古学や地質学が身近に感じられるようになって久しいが、その原動力は諸学問の交流や総合化が発達したからだと思う。

私の研究は近代史に執着しすぎたなぁーと反省している。他の学問領域の成果を加味していたらもっと巨視的に文化を見直すことができたかもしれない。学問研究をやり直してみたくなったが、もう遅いか。否!!

It is never too late to be what you might have been. 学問に王道なしという俚諺もある。「青春」の定義とも共通しうる。人間は、生きている限り「無知の知」に挑戦する動物なのだろう。

真善美・・・・といった諸価値の合力が「文化の森」を創り出すと教わった。比較教育学の権威・益井重夫先生がこんな言葉で励まして下さったのを思い出す。人生で一番大切なのは「美しい心」を持つこと、「君ならそれができそうだョ」と。その表れは笑顔、謙虚さ、仁愛、親心、・・・・山頂にある「高い徳」をめざしたいものだと誓った青春時代を思う。この夏は、私自身、早や後期高齢者に指命された時空だが、「源喜の森」と命名した父祖の地で元気いっぱい、みんなで美しい心を磨きたい。

（『学び』 58）

鎮守の森を探す旅

平和の大切さを語り継ぐこと、地球市民の使命はこれだと思う。妻が主宰する絵手紙塾の仲間は9割が女性だが、いつのまにか男性も数人加わることとなり、私も病後回復の妻を支えたいという家族愛から皆さんと年数回のおつきあいを始めている。

溝辺には霧島市民憲章の起草委員長をつとめられた萬田正治さん主宰の竹子農塾がある。ほぼ毎月、60名ぐらいが竹川峡に集まり、多彩な学習に取り組んでおられる。「自らの意志と頭で研鑽する」ことを趣旨とし「共に学ぶ場をつくる」「意見を異にしても互いを尊重する」といった哲学理念に共鳴した有志が、遠路山奥を厭わず集まってくる。あたかも広瀬淡窓の咸宜園に全国の若者が集結したように、新時代を開作する同志は必ず出現するものらしい。

二見塾の内実もふるさとの風土が醸し出す和やかな雰囲気の中で運営されている。農村の方向性を探りつつ、人間同士が以心伝心ルートを拓くために行動する「本物」の仲間作りだと思い、心から妻を応援している。

筑前町大刀洗平和記念館で絵手紙展をやっているらしい。しかも戦地から家族へ送り届けられた約四百枚の便りが公開された由。「絵と心を繋ぐための良い機会ですヨ」妻たちの勧誘に萬田先生も共感され、国分の豊廣邦雄さんや娘たちを私も誘ってみた。男女約40名、十三時間に及ぶ一日バス旅行、現地では福岡方面の方々とも交流、ハーモニカ伴奏で『ふるさと』を合唱してきた。

大刀洗は空襲で学童たちまで犠牲となった所だ。鹿児島空襲では幸い生きのびた私、疎開地で育ち、修学上京の過程を踏んでUターン、鹿児島女子大学～志學館大学をふるさとにつくるという使命を体して三十余年、教育実践者の道を力強く歩いてきた。

妻は福岡の田園地帯に育ったので農村にも理解がある。大刀洗の隣地小郡市上岩田がふるさと、今も鎮守の森がしっかり残されている地域である。こんな思い出の森を現代風に再生する仕事、それが「地域再建」の極意なのではないだろうか。

（『学び』59）

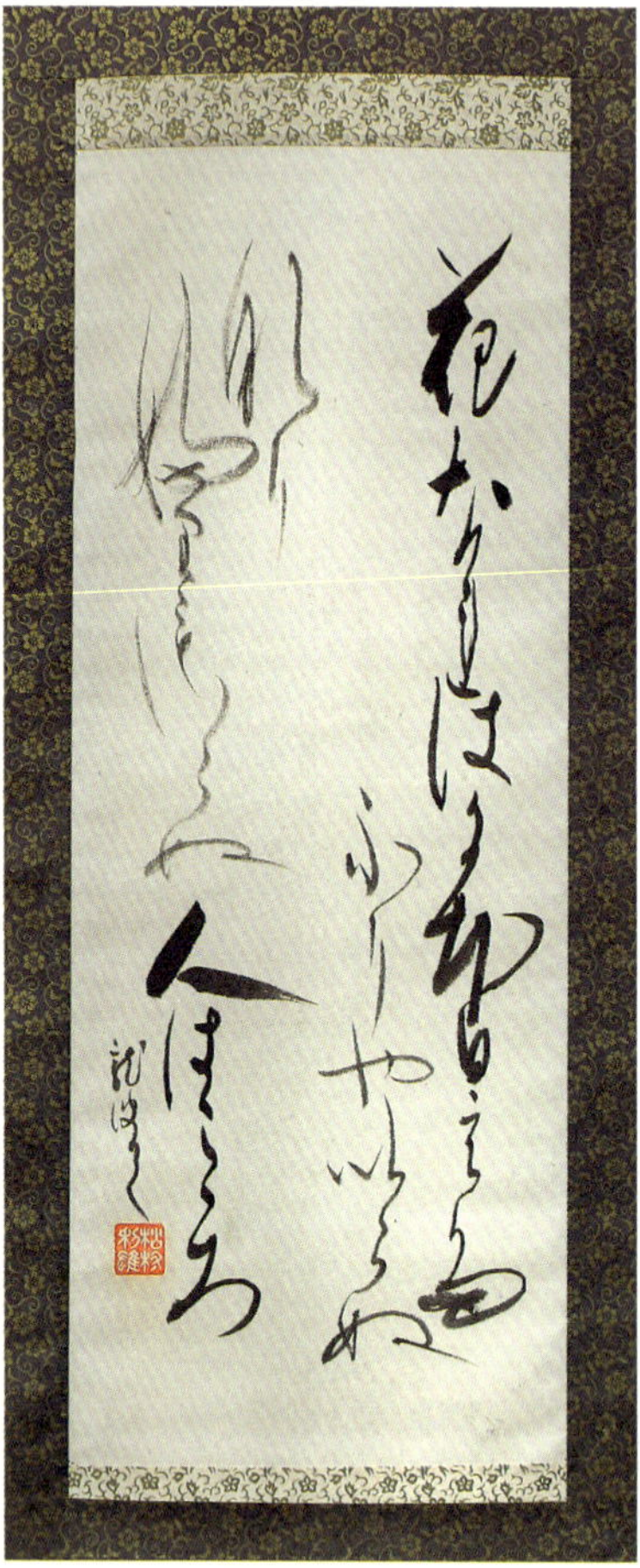

松村利雄先生の書

北大島の島唄「花ぞめ節」の一節

花な連《れ》は尓《に》本《ほ》日《ひ》　え多《だ》ぶりや以《い》らぬ

那《な》り婦《ふ》里《り》毛《も》いらぬ　人はこころ　龍波　可久

心の散歩道

人生の折り返し点

（『志學館学園新聞』第一〇一号　二〇〇四年十一月二十五日）

「少年老易く学成難し」と言われるが、シニアに達し、私も敬老会に招待される身となった。会場には九十三歳の翁をはじめ五十数名、公民館長さん自身が我々より年長者である。係の方からハーモニカを持って来るよう依頼された。演奏しているうちに、祝ってもらうのか、共に楽しむのか、自分でも分からなくなってしまった。

私共の年代は、新学制が発足して最初の一年生。鹿児島市薬師町に生まれ、幼稚園二年目の夏、父祖の地、溝辺村に疎開し終戦を迎えた。十番目の末っ子で、中学卒業時、父は六十五歳、わが家も人並みに金欠病、労働と倹約をモットーに進学した。

大学院博士課程二年のとき七十七歳の父が急逝、その後、助手一年を経て上京、国立教育研究所で『日本近代教育百年史』の編さんという素敵な舞台を与えられた。丁度、その頃、世界新教育会議東京大会が開催され参画した。全国的に大学紛争が蔓延していたが、その渦に巻き込まれることなく研究に専心できたので、大学人同士がせめぎあう嫌な体験は幸いしていない。

「君の郷里に四年制大学が設置されるそうだよ。お母様に孝養できるよ。」恩師先輩らの助言が私の人生を変えた。Uターンは昭和五十五年、下の子が小学校三年生だった。溝辺・大学間、車で約十分の距離を置いて、鹿児島女子大学の建設に邁進する日々を重ねたが、ああ、早くも定年を迎えようとしている。

懐古の情に耐えずといえば大袈裟だが、シニアの関門をくぐってみると、「人生とは何か」が見えてくるような気もする。未熟な自分を今日まで育てて下さった総ての人に心から感謝しつつ、快適な後半生を過ごせたらと思う昨今である。

椋鳩十先生の年譜を見ると、六十五歳頃までとそれ以降における作品数がほぼ同数である。「シニアの始まりは人生の折り返し点ではないか」と思った。そうしたら、急に勇気が湧いてきた。

私たちの壮年期は生涯学習社会が実現した時代である。志學館大学発足記念に設立された生涯学習センターを足場に頑張ってきた最後の五年間、地域と大学との接点を求めつつ静かに歩いてきた日々、その成果を『隼人学』にまとめられて嬉しい。

一方、郷里溝辺の文化協会長を二十数年間勤めたことも、新世紀の学問観や大学像を考える際に随分役立った。今、県の会長というお役目を与えられているので、文化協会と生涯学習活動を結合させ、県域全体に役立つ文教的風土づくりに協力したいと切に思う。

先年、世界新教育学会の国内版を本学コスモスホールで開催させていただいた。霧島連山や桜島が見える広大なキャンパスはもとより、きびきびと動いてくれた学生たちや同僚同士の働きぶりが高く評価された。

国際会議への出席回数も多いという理由で先般、私は図らずも「WEF(World Education Fellowship)賞を拝領した。鹿児島師範で父と同級生だった小原国芳先生ゆかりの全国大賞を手にする時、思わず合掌し涙ぐんでしまった。(授賞式には平塚に居る坂井修代姉上も参列してくださった。)

郷里の大学に在職して四半世紀。開学以来の鴻恩に報いるため、謙虚に生きてゆけたら本望だ。

小原國芳先生と父

（『教育新世界』第25号所収　昭和六十三年三月）

「この春は二十三回法要の　父もし在らば百歳の年」これは私の新春駄作である。一世紀という歳月は重い。小原國芳先生は、鹿児島師範学校時代同期だった父より二つ年上だから、生きておられたら数えで百二歳ということになろうか。昭和六十二年十二月十三日、先生の御命日に、わが家では、東京の町田に居られる濱山盛吉翁に長距離電話をかけ、九十二歳の母とも久々に語っていただいた。小原先生の運転手として半生

小原國芳先生の書

を送られた潟山氏通称「潟さん」に、私一家は身内のような親近感を抱いている。数多い玉川関係者の中でも潟山さんは、わが家を、さらに大学の研究室まで訪問してくださった貴重な方である。もう十年も前の話になるが、母の誕生日に、潟山さんは小原先生直筆の「寿、山の如し」という色紙を持ってきてくださった。その頃私一家は千葉県沼南町の大津ヶ丘に居を持ち、二十年ぶりに鹿児島へ帰郷するための引越し準備を始めようとしている時だった。一人暮しの母も手伝いに来てくれていたのである。小原先生はすでに亡く、潟山さんは先生の分身のような存在であるから、その日も心ゆくまで玉川について鹿児島について語っていただいた。今でも、潟さんの声に接すると、受話器の向うから、小原先生が「やあ、二見君」と呼びかけてくださるような有難い気持になるから不思議である。

思えば、昭和四十一年四月八日、博多から鹿児島へ向う夜汽車の中で、私は小原先生宛に父の死去を知らせる電報を打たせてもらった。「八ヒチチゲンゴシス、センセイナガイキシテクダサイ」、九州大学大学院博士課程在学中の私は、その時以来、命の綱とも頼むべき父に代わって、小原先生に人生の師としての願をかけたのだと回想している。晩年の父は老人クラブの会長を引受け、仏教に帰依し菩提寺のお番役を勤めていたので、葬儀には村の有志、親せき、檀家の方々も大勢ご参列くださったが、弔意の中に小原國芳先生の友情も刻されていた。加治木の性應寺から浄徳院釋誓願信士の法名を拝領し、安心して父も往生したことであろう。

小原先生は、師範在学時代、父の生家に数泊して、近くの宇曽ノ木川で泳いだり、高屋山上陵に参拝したりされたが、その時、父に「お前のおっかさん(母)をヨイヨモンニスイガ(共有にしたい)」とおっしゃったらしい。少年の頃、御両親を失われ、赤貧の中での御努力、……先生はどんなにか親の愛情を求めておられたことだろう。私の父も幼き日父親と死別、母の手で育てられた。薩摩藩の郷士で寺子屋の師匠もしていた祖父だったようだが、地主農家の長男として生まれた父の上級学校進学については叔父たちの猛反対があったらしく、父は数日馬小屋に籠り断食祈願して受験を認めてもらったという逸話を残している。向学心旺盛な境遇が少年時代の二人を結びつけていたのだろう。鹿児島師範でマラソン大会(当時は競歩とでも呼んでいたのだろうか)が行なわれた折、足がひきつって落伍しそうになった父の肩に小原先生は手を貸し完走させてくださったという。心根の優しい方だったと父から聞いたものである。

私は鹿児島市薬師町で生まれたが、疎開先が父の生家であったから、先祖代々の土地を耕やしながら育てられた。父や母と同じ母校に通ったわけだが、小中学校まで往復三里、急坂の山道を夏は裸足で登校している。小原先生のことは幼い頃から教えられていた。父母の農業を手伝う中で「労作教育」の実践も学んだことになるのではないだろうか。

小原先生の輝かしい人生と父のそれとは比べようもないが、自分が成長してみて、竹馬の友を想い、学友の励ましの中で一人前になってきた半生を省みるにつけ、親友ほどこの世で大切な宝は無いと確信する。生前、父が口ぐせのように言っていた、「持つべきは良き友」とは小原先生を指していたのだろうか。『全人教育』第二九二号(昭和四十八年十二月号・玉川学園)には、先生が「身辺雑記」の中で「二見源吾君のお宅まで」と題し墓参のことなどを切々と書き連ねてくださっている。何と有難いご縁であろう。

さて、私の思い出といえば、まず、溝辺小学校四年生時代の情景が甦える。戦後新教育の再建をめざし全国行脚をされていた小原先生が講演に来られた日のことである。平日だったと思われるのに、父に連れられて家から五里ほど先の宮内小学校まで拝聴に行った。先生がどんな話をされたのか覚えている筈もない頑是無い私だが、『アンデルセン童話集』・『グリム童話集』の二冊にサインしてもらい、固い握手をしてくださったのを記憶している。当時、父はＰＴＡ初代会長を引受けており、先生方も何人か同行されていた。翌日、担任の重森昭典先生から小原國芳先生のことを皆の前で話すように言われて赤面したものである。

あくる年の夏、小原先生から年賀状の返信が届いた。「お返事がこんなに遅くなってごめんなさい。……」待ちに待った先生からのお便りを手にしたときのうれしかったことは幼な心によく覚えている。爾来、毎年、賀状を差上げ、必ず返信をいたゞいてきた。宛名の文字と添え書きの文字が違ってはいても、直筆での励ましの文面は時宜を違えず、私もそのたびに奮い立つことが出来た。

少年時代の私は玉川の百科事典と首っ引きであった。九谷焼もオリオン座も魔方陣も辞典をひろげての自学自習で得た知識である。宿題が出されても臆することなく、勉強が実に楽しかった。一般には、グリム童話を読みあうよりも、農作業の手伝いに狩出される生活、田舎の学校に図書室はまだ無かった。文化的には貧しい少年時代だったわけだが、小原先生へのあこがれを通して、夢は大きく高くひろがっていった。

高校時代、玉川大学進学のことを父も真剣に考えてくれたようだが、わが家の経済的条件は東京進学を許さない。一方、国公立志向の受験体制の中で、高校の先生方や先輩たちの玉川評価は今日ほどに高いわけではなかった。悩みぬいた末の結論が九大進学となる。小原先生に理解のある平塚益徳教授がおられるという情報を伝えてくださったのは母校の久保平一郎校長である。老齢真近い父母を安心させるためにも、早く大学に入って学問に打込みたかった。昭和三十四年四月、七十歳の父も入学式に参列、教育学研究の第一歩を祝ってくれた。「小原先生の今日あられるのは何といっても努力だ。お前もどこまでやれるか、努力してみろ!!。」というわけで、父は鹿児島師範学校時代小原先生たちと撮した古い写真を焼直し、末っ子の私にも送ってくれた。

昭和四十二年、国立教育研究所の「日本近代教育百年史」編纂事業に参画する機会を与えられた私は、小原先生の御実践を身近かに見聞できるようになった。東京大学安田講堂落城のシーンは、玉川学園見学の折テレビで小原先生もご一緒に見せてもらっている。私は、先生の御推挙もあって世界教育日本協会の評議員を拝命し、中森善治先生をよき指導者に新教育に連なる多くの方々と出会うことができた。世界新教育会議東京大会の開催にかける小原先生の情熱は大変なものであり、微力ながらその準備にかかわらせてもらった一人として、感動、感銘、感謝の気持で一杯になる。丁度その頃は、本業である「百年史」編集の最終段階にあり、時間的にも、仕事の上でも苦労の多い時期であった。小原先生を国立教育研究所にお招きしてペスタロッチ・アーベントが催されたことも良き思い出だが、その時、「教育を研究する場所に子どもたちの声が聞こえてこないのは何だか淋しいね」と言われたのを忘れない。まさに寸鉄である。

小原先生に対する最大の感謝は世界への芽を育ててもらったことである。一九七四年、WEFボンベイ大会に参加したとき、先生の親書には「日本のため、アジアのため、世界のため御健斗を祈る。私は一行に加われないで申訳なし」と認めてある。おかげさまで私は、その後、オーストラリア、韓国、ヨーロッパ、(アメリカ、マレーシア、アフリカ)等での会議に参加したが、あれもこれも考えてみれば、小原先生が拓かれた道である。

『外つ国の道を究めて幸多き未来の海を走る大船』という父の励ましを思い出しながら、比較教育学の実践と理論を学ぶ人生となった。

小原先生卒寿の年、昭和五十年十月十二日、私一家は、姉一家や、WEFの仲間・山口敬正先生御夫妻らと共に玉川学園でデンマーク体操を見学させていただいた。さらに翌年四月秘書の大村様からお電話を承り、ホテルニュー大谷に静養中の小原先生から御馳走してもらった。傘寿の母が『小原先生、二度と来ない娑婆ですものね』と話しかけていたのを思い出す。その時子どもたちに賜った『おしゃかさま』『幼き日』等は、妻が拝領した「萬古清風」の掛軸と共にわが家の宝物である。その時七歳だった長女が今春は二十歳、「成る年のいと早ければ過ぎし日を思い出深くふりかえりみる」心地がする。

何といっても、小原先生の御郷里は鹿児島である。ふるさとの風土が小原哲学を生み出していることを同郷人として自覚せずにはおられない。先生の高弟と称されるべき有馬純次先生（実践学園長）の御尽力で開学した鹿児島女子大学（四年制・文学部）に奉職して満八年、先日はこんな歌を詠じてみた。

霧島の連なり見ゆるキャンパスに水仙の花群なして咲く

百歳を越された小原國芳先生を御案内して、隼人上野ヶ丘の台地からご一緒に桜島の雄姿を眺めることができたらどんなに幸わせだろう。戦後教育改革の頃、小原先生は「村々に高等学校を」と叫んで、郷里久志に高校を設置されたが、そんな折、「鹿児島大学を創るなら吉野の台地に広々と」ともおっしゃったらしい。先生の意を体するならば、わが鹿児島女子大学の風景は教育環境としては最高だといえるだろう。「晴れ渡る大空めざし銀翼の飛び立つ窓に霧島の見ゆ」るキャンパスに立ち、玉川の丘を想起しながら、小原國芳先生を偲ぶ毎日である。

過疎地帯にこそ文化施設を

（南日本新聞「ひろば」　昭和56年1月26日）

私は一九八〇年、二十年ぶりに帰郷したが、国道10号がかつて東京周辺で見かけた風景とさほど変わらないのに驚いている。狭い海岸線に集まりすぎた過密人口の流れは変えられるだろうか。先般、空港から加治木大口線を経由し溝辺町有川より蒲生、吉田、郡山を通って鹿児島市内に出てみた。この路線を早急に整備し10号に準ずる動脈にしたならば、車の流れが変化し、ひいては現在老齢化に悩む過疎地帯にもゆったりした住宅街が続き、霧島や桜島をながめながら文化の創造に励む人たちが定住すると思う。人口の多い鹿児島市に文化の殿堂が建設されるのは結構だ。しかし、県政百年の大計に立つならば、むしろ過疎地帯にこそ国・県レベルの文化施設を誘致し、県都に集中しすぎている人口を県全体に拡散する方が賢明なのではあるまいか。交通体系の抜本的見直しを通じて、史と景の国にふさわしい豊かな風土の再建を願う。

森は海の恋人〜肥薩線開通百周年に思う〜

（『地域経済情報』　二〇〇九年八月号）

九州の鉄道史を繙《ひもと》きますと、博多を起点に明治二十二年は千歳川、二十三年に久留米まで進み、八代まで延びたのが二十九年でした由。一方、鹿児島・国分（隼人）間が三十四年で、二年後吉松まで来て、八代・人吉間が四十一年、翌年人吉・吉松間が完成、かくして明治四十二年十一月二十一日「鹿児島」全線営業となりました。

私は今、隼人か加治木からＪＲに乗車しますが、両駅は「日豊線」なのに、何となく「肥薩線」と呼びたくなります。ある時、錦江湾を眺めていた外国人が「日本にも大きな川があるヨ」と言ったとか、うれしいお話ですね。

かつて「海線」と呼ばれた阿久根あたりの風景も見事ですが、重富・鹿児島間に入ると「ここが日本一」と叫びたくなる気分です。「肥薩線文化」の出発点はやはり鹿児島でしょうか。皆様、いかがですか。

肥薩線の本領は、しかし、海よりも山、都会よりも田園です。私は鹿児島市薬師町生まれ、幼な心に覚えている車の音は市電のガタンゴトン。空襲で父祖の地・溝辺に疎開し、戦後は自宅から学校まで片道一里半の山坂を通いましたので、汽車の旅といえば嘉例川駅を考えるようになっています。それは、森と川の風景です。

長じて、上京後は国鉄を利用した帰省が多かったです。妻が久留米出身なので、福岡・鹿児島間の移動には肥薩線も利用しています。いわゆる「川線」の車窓から眺める風景がそのまま私たちの故郷《ふるさと》になってしまいました。

最近、人吉によく出かけます。県境に芽生えた肥薩線文化の味わいは格別です。その南には霧島山を囲むようにして田園都市群がひろがります。「森は海の恋人」とか、都市化進行のため人口密度のバランスがとれにくい現代ですけど、肥薩線に代表されるようなローカル路線を復活・活用しながら、地域間の文化交流がもっともっと盛んになることを切望いたします。

陸海空の交通路線を縦に横にクロスさせたい新世紀、地球環境問題も真剣に考えなくてはなりません。南北約六百キロメートルの県域全体にひろがる鹿児島ルネッサンスを花咲かせるために交通体系を根本的に見直すことが「肥薩線開通百周年」の歴史的市民的課題ではないでしょうか。

象牙の塔出て兼業農家に

(南日本新聞「今週　このひとと」　昭和五十八年十一月六日　西村敬天記者)

豊年満作―。などといっても、今どきピンとこない。心が浮き立つなんぞというようなことはサラになく、連想されるのはお役人の渋面。そんなご時世に、田を作っている先生がいた。担当の講座は教育学。人づくりと米作の兼業である。

鹿児島女子大学の二見剛史助教授が、〝兼業農家〟となったのは四年前から。直接のきっかけは東京の国立教育研究所にいたところ、生家に近い同大に教師の口があり、Uターンしたこと。が、その前から農業に関心がなかったわけではない。

千葉県松戸市の団地にいたが、当時、幼稚園生だったわが子の絵をみて驚いた。

「なんと、ニンジンが木の枝になっている。ショックでしたね」

これではいけない―と、貸し農園を借りて五坪菜園を作っていた。子供が小学校に上がるとまた驚いた。子供を指導する立場の先生がサツマイモの植え方を知らない。

「先生ひとり育てるのは、大変なことですが、現実には教員養成といったって、このていどのことで・・・・」と、先生の先生は嘆息する。

昨今は、子供もおとなも、自らの手足を動かして物を生産することが、ほとんどなくなった。巣のなかのヒナのように口をあけさえすれば、食い物が運ばれてくる、そんな趣さえある。

「机上で観念をいじり回すだけでなく、体を動かさないとダメだと思いますね。食べ物も人が作ったという実感がない。それがないと、作ったひとの気持ちもわからない。自然の恵みがどんなにすばらしいかも、わからない」

二見助教授は「原体験」ということばを何回か使った。大学在学中になくなった父(二見源吾氏)は教職を退いたのち、郷里に帰って農業をした。故小原国芳氏(玉川学園創始者)とは師範学校で机を並べていらい無二の親友で〝帰農〟も小原氏の思想的影響があったのでは、という。

剛史少年も家から片道六キロ離れた学校(溝辺小、溝辺中)に歩いて通いながら、牛の世話や麦踏み、今の時期なら落ち穂拾い―と農作業を手伝った。「昔は一升とるのも大変だったんです」ということばは、この原体験から出てきたものに違いない。「農業は国の本です。農業をして教えられることが多い」ともいう。

〝五坪農業〟は規模拡大して「いま一反弱」。ことし三度目の稲刈りになった。「ま、本業がありますから、片手間の日曜農家で大きなことはいえませんが、難しさがわかったのは二年目になってから。今、農村の実態がだんだん見えてきたような気がします。」

田植えと稲刈りの日付は、この三年間全く同じだった。意図したのではない。自然にそうなった。自然のリズムに合わせないと農業は成り立たない。「土を守るのは大変なんですねェ」とポツリ。

もう一つ、地域の生活のリズムと合わせることも重要な意味をもつようになった。「まわりの人が『虫がわきそうだ』とか『スズメが来てる』とか声をかけてくれる。片手間でも農業をしているからこそ、となり近所とかたらいが出来る。これはお金に代えられません」

働き手は、まず母堂のサトさん(八八)が十余年ぶりに戦列に復帰し、ことしのとり入れでも元気にかまを振るった。あと朱実夫人(四二)に娘さん二人(高一、中一)。

「たとえ一部でも父祖伝来の土地を守り、生かすことができるのが、母にとってはうれしいようです。娘たちも汗を流す体験を通して、なにかをつかんでくれるのでは」

さて、だんだん見えてきた農村の実態だが二見氏はそれを否定的にみていない。

「こんな人間的な、すばらしい環境はちょっとない。今まで物質中心の西欧型の志向で、自然をこわし、資源の乱費、浪費を重ねてきたわけですが、頭を切りかえると質素な暮らしは少しも苦痛でない。世界的な規模で発想の転換をすべき時期にきている」

そして、これまでの農業、というより農政のあり方には多少の不満を感じるという。

「食糧の自給率が低いのは、ゆゆしいこと。米は昔と違って作りやすくなってきました。国土を守り、年寄りに生きがいを与えるうえでも、生産調整は考え直すべきです。農家に嫁のきてがない、といいますが、努力すれば文化性の高い農村づくりは可能です。それにしても今の農村青年は、骨惜しみして、あまり働きたがらないようですね」。

土と労働を見直す

「苦痛でない質素な生活」

二見　剛史さん（44）

（姶良郡溝辺町有川117ノ25）

刈り取った稲を束ねる二見助教授

は四年前から。直接のきっかけは東京の国立教育研究所にいたところ、生家に近い同大に教師の口があり、Uターンしたこと。が、その前から農業に関心がなかったわけではない。

千葉県松戸市の団地にいたが、当時、幼稚園生だったわが子の絵をみて驚いた。

「なんと、ニンジンが木の枝になっている。ショックでしたね」

これではいけない――と、貸し農園を借りて五坪菜園を作っていた。子供が小学校に上がるとまた驚いた。子供に指導する

「先生ひとり育てるのは、大変なことですが、現実には教員養成といったって、このていどのことで……」と、先生の先生は嘆息する。

昨今は、子供もおとなも、自らの手足を動かして物を生産することが、ほとんどなくなった。巣のなかのヒナのように口

「机上で観念をいじり回すだけでなく、体を動かさないとダメだと思いますね。食べ物も人が作ったという実感がない。それがないと、作った人の気持ちもわからない。自然の恵みがどんなにすばらしいかも、わからない」

二見助教授は「原体験」とい

いう。

剛史少年も家から六㌔離れた学校（溝辺小、溝辺中）に歩いて通いながら、牛の世話や麦踏み、今の時期なら落ち穂拾い――と農作業を手伝った。「昔は一升とるのも大変だったんです」ということばは、この原体験から出てきたものに違いな

はいえませんが、難しさがわかったのは二年目になってから。今、農村の実態がだんだん見えてきたような気がします」

田植えと稲刈りの日付は、この三年間全く同じだった。意図したのではない。自然にそうなった。自然のリズムに合わせないと農業は成り立たない。「土を守るのは大変なんですねェ」とポツリ。

もう一つ、地域の生活のリズムと合わせることも重要な意味をもつようになった。

「まわりの人が『虫がわきそうだ』とか『スズメが来てる』とか声をかけてくれる。片手間で

中一）。

「たとえ一部でも父祖伝来の土地を守り、生かすことができるのが、母にとってはうれしいようです。娘たちも汗を流す体験を通して、なにかをつかんでくれるのでは」

さて、だんだん見えてきたという農村の実態だが二見助教授はそれを否定的にみていない。

「こんな人間的な、すばらしい環境はちょっとない。今まで物質中心の西欧型の志向で、自然をこわし、資源の乱費、浪費を重ねてきたわけですが、頭を切りかえると質素な暮らしは少しも苦痛でない。世界的な規模で発想の転換をすべき時期にきていると思います」

そして、これまでの農業、というより農政のあり方には多少の不満を感じるという。

「食糧の自給率が低いのは、ゆゆしいこと。米は昔と違って作りやすくなってきました。国土を守り、年寄りに生きがいを与えるうえでも、生産調整は考え直すべきです。農家に嫁のきてがない、といいますが、努力すれば文化性の高い農村づくりは可能です。それにしても今の農村青年は、骨惜しみして、あまり働きたがらないようですね」。

（西村敬大記者）

南日本新聞　昭和58年（1983年）1

広域化で地域再生を

（南日本新聞「かごしま文化を語る」２００７・８・17）

昭和四十年代に種がまかれ、同六十年代に芽を出し、平成に入り各地で花が咲き始めている文化活動。鹿児島県民文化祭の前座に設けられていた「文化懇談会」を発展的に解消して平成十五（二〇〇三）年、「文化研修会」と改めた。その五回目の会を五日、鹿児島市のかごしま県民交流センターで開いた。約百二十人が出席、入念な実践報告があり、文化力向上についても語り合った。

今年は初めて「今後の文化協会の在り方」と題するシンポジウムを開いた。薩摩川内市、湧水町、鹿屋市、鹿児島市の代表が実践を紹介し、会場からも活発な質問や意見が出された。二町合併を機に組織と内容の両面で地域一体化に努力している湧水町を除き、他の三市は旧自治体単位で運営せざるを得ない状況にある。特に鹿児島市の場合、県都ゆえに全県的活動をしている専門家集団が大勢を占めており、合併編入された旧五町との関係は現在調整中という。登壇発表した市町の文化協会に限らず、県内全体を見渡した場合、地域の一体化、文化協会の合併には無理の生じることが多く、今しばらく様子を見た上で調整していかざるを得ないように思われた。

会場からも貴重な意見が続出した。「地域によって異なるのが文化であり、県全体を同じスタイルに統一する必要は必ずしもない」という指摘には納得させられた。しかし一方で、広域連携を射程において多彩な交流を推進してきたこれまでの文化協会の活動が、行財政の都合でいきなり遮断されては本当に困るのである。郡単位文化協会連絡協議会や広域文化祭などへの再認識は忘れてはならないことだという指摘も注目された。

回顧するに、広域文化祭などへの道を開いたのは教育委員会である。現今の文化行政は教育、経済、観光などを視野においた総合的活動を目指しているわけだが、県の生活・文化課と県教委、学校現場が互いに背を向けていては、生涯学習も市民文化も育ちにくい。

私見を加えるならば、地域振興局のブロックごとに広域文化圏の形成を目指し、財政的措置も配慮しながら、地域再生への努力を県民運動として推進した方がよさそうに思える。南北六百キロの県域すべてに文化の華を咲かせるためには、どんな小さな集落にも学校にも文化の根っこがあることを自覚し、県民各層でしっかり語り合うことが急務であろう。

文化研修会では、シンポジウムに先だって活動報告があり、モデル文化少年団「菱刈ガラッパ黄金隊」(菱刈町)や、数年前から「なかよしピアノコンサート」を実施している青年文化活動指導者等研修会(さつま町)の活動が紹介された。また、永志保《ながい》さん出演による島唄「奄美の心を歌う」の披露もあり、文化研修にふさわしい雰囲気を醸し出した。

学校空間に関する一考察 ―教育史学的立場から―

『学校空間の研究―もう一つの学校改革を目指して―』

（二〇一四年二月二十七日　㈲コスモス・ライブラリー発刊）

『リーンハルトとゲルトルート』（一七八一）の中でペスタロッチは次のように書いている。

百姓にとっては家畜小屋や脱穀場や森や畑が本当の学校でした。彼の行くところ、立ち止まるところ、至るところに多くのなすべき仕事があり、学ぶべきことがあったのです。ですから、いわば学校なんかなくても立派な一人前の人間になれたのです。

この引用は、私たちが編集した『新版・はじめて学ぶ教育の原理』（学文社、二〇一二年四月）の16頁に掲載されている。執筆担当者は故佐藤尚子女史、比較教育学的センスで教育史学的理論を構築しようとするとき、実践者ペスタロッチの指摘は、後世のわれわれに不滅の光を放ち、近未来への指針に役立つと言うわけである。

スイス社会の変化を描写しながら「生活が陶治する」という命題の理論と方法を提供するために、民衆の教育可能性を追求していたペスタロッチ。「子ども達を秩序ある思慮深い生活をさせるように、うまく育てあげるにはどうすればよいのか」、世紀の大教育家は、「学校空間」を歴史的変化の中で捉え考察しているように見受けられる。

学校空間に注目する発想・視点は教育学・教育史の観点から観てきわめて重要である。Study of the School Spaceの時空は、社会の変化推移と共に形を変えるであろうが、身近な問題として真剣に取り組む価値があると感じている。

鹿児島県出身の画家・八島太郎(本名:岩松淳)がアメリカで出版した"Crow Boy"(からすたろう)という画文集がある。文学者・水上勉はこの本について「遠い彼方の異国から、故郷に向けてさしだされた不思議な光と人間誕生の歌がきこえてくる」と評する。

ちびと呼ばれ、のけものにされていた少年が六年生になって磯部先生に出会い、自然観察の才能を見出され、自信を持ち、みんなから認められていく実話をもとにした作品である。学芸会でからすの鳴き声を披露したわけだが、もし、この先生が学校に現れなかったら、この子はどうなったのか、……「学校」という空間を生かすも殺すも教師次第だと、私たちは教えてもらった。地域の大人たちも拍手を送ったという。

地域を自然環境まで含めて考えるとき、本物の教育空間ができるであろう。「仰げば尊し　わが師の恩」が世に出たのは明治十七(一八八四)年だ。日本人の学校信仰は奥が深い。たとえ新学校・新教育運動が登場しなくても、それぞれの地域にはそれ相応の教育環境が昔から形成されていたのかもしれない。時代は進化し発展するという感覚は大事だが、古今東西、全時代を越え、全世界・全世代に夢と光を与えてくれる場所、それが学び舎だ。学習環境のありようは、広い視野からの検討を要する。「学校空間」をどう設定するか、Sollen(ゾレン:理念)とSein(ザイン:現実)の協働に注目したい。

ペスタロッチが重視している教育空間は大自然そのものであった。「自然に帰れ」と呼びかけたルソーの教育観も同じ土俵で考えられてよい。八島太郎が描いたちびも学校を自然の中で捉えていたといえよう。

ここで内村鑑三の「学校論」を紹介する。彼は明治十(一八七七)年、札幌農学校二期生として北海道に渡った。同志は4人。新渡戸(太田)稲造、宮部金吾、岩崎行親と内村。彼らは、官立東京英語学校在学中に「立行社」を結成している。そこで学んだことの一つは、師スコットの理論「教育は内なる知能の開発」である。大正デモクラシーのはるか半世紀前に、新教育の理論を一応身につけたことになる。北海道に渡った内村は言う。「ここ(札幌)で私共にとり終生忘れることのできない最も楽しい教育を受けました。……私共を薫陶してくれた最良の教師は、人となる教師に非ずして生けるそのままの天然でありました。時の北海道は造化の手を離れた計りの国土でありまして、いとも美しい楽園でありました」。「石狩平野の処女林、其の樹木に巣くう鳥類、其の樹陰に咲く雑草、石狩・千歳・豊平の諸流に群がる魚類、是等が最良の教師でありました」。

大正期に鹿児島県に設立された旧制(私立)福山中学校の『七十年のあゆみ』(104―6頁)に収録された「岩崎行親君と私」なる文章から一部を引用したわけだが、この文は教育空間という概念から類推できる具体例に位置づけられよう。約一世紀の風雪を経て、日本の学校空間は大きな試練を受けねばならなかった。内村鑑三の体験記はその意味で貴重な提言である。

学校空間を考察する場合、教育史的事実に照合して、広く深く探究することが求められる。海洋大国日本は随処に自然の環境を残している。都市化が進行するにつれ、理想的教育環境は次第に農村を離れていったとも考えられる。果たして、近代化とはそれでよかったのであろうか。二十一世紀の進行と共に、グローバルな思考が生じ、幅広い視野が求められるわけだが、今、私たち日本人のなすべきことは何か。冷静に対応せねばならぬ研究テーマを列挙し考察を加えてみたいものである。

私は、日頃「反対の合一」という考え方に注目している。「正反合」とは若干ちがう。むしろ、金子みすゞ流の「みんな違ってみんないい」に近い合一思想だ。文明相対主義というラインに立つのかもしれない。その最たるものが「都市と農村の文化的共働」、合理性―利便性を追求する前に、自然そのものの合理性に注目せねばならぬと考える。

内村鑑三が指摘している自然の文化力に着目するとき、あるいは冒頭に紹介したペスタロッチの学校観に照合するとき、〝自然〟が有する教育機能に再度注目したい気持ちになる。

先般、五木寛之氏のブータン訪問の様子をテレビで拝見した。輪廻転生を信じ、生きとし生ける他者との関係を大事にする日常生活の中で、徳を積み、愛や慈悲の心を養い行動に移す人々、縁起や無我といった表現が何度も出てきた。国民総幸福を国是としているアジアの仏教国ブータン、かつて日本もそうであったわけであるが、寺院は学校であった。児童の語源も寺にある。聖・愛・仁につながる精神的価値を中軸に人間形成をしていく空間の移り変わり―真善美に聖健富を加えた全人教育的な「学校空間」はどんな姿で二十一世紀の私たちを導いてくれるのだろう。温故知新といわれる。学校空間論を種々な角度から探究する喜びを静かに味わってみたい。

兄と弟の歌集から

二見兄弟の歌集に寄せて

四元明朗

私と二見剛史先生との親しい付き合いは、先生が鹿児島県文化協会長をされていた時の事です。私も日置市文化協会の代表として、理事会に出会した頃です。私が編集発行している短歌雑誌「山茶花」を挙げ、先生からは、多くの著書を戴いておりました。先生の著書は、地域の文化についてのものが多く、楽しく読む事が出来ました。その内、先生が、「私も短歌を作っているのですよ」と言われ、驚きました。その後、その短歌を書き綴ったノートを見せて貰い、又、驚きました。そして、これから選歌して、歌集に纏めたいと話され、その選歌を頼まれました。私も、それまでの付き合いで、お礼の意味で引き受けました。千首以上もあった詠草の中より最終的に三百五十三首に絞られました。

その選歌を進めている中で、「実は私の兄も短歌を作っており、その書かれたノートがあるので、兄の短歌も一緒に掲載したい」と言われ、しかも「山茶花」の創刊者安田尚義氏との交流があった事を知り、不思議な繋がりを感じ驚きました。兄さんは、十二歳で短歌を作られ、昭和二十二年三月、二十歳で亡くなられています。その間に作られた短歌の素晴らしさには、大変驚きました。

二見先生が、鹿児島県である国民文化祭の前に、突然、会長を辞任され残念でした。国民文化祭を鹿児島に誘致されたのは先生であり、是非、文化祭までは成功させて戴きたいと思っていました。色々と考慮されての事だったろうと考える事でした。

最後に、先生の短歌と兄さんの短歌より、幾つかを取り上げてみます。

二見忠明さんの短歌

昔より連なる山に守られつ十二の春を今は迎へん

働ける人の困苦も工場の吐ける煙と共に消え行く

知りながら知らぬふりする心こそ知りて高ぶる心より高し

幼子と手の大きさをくらべあい父母の労苦をしみじみと知る

乳のみ児の指ほどもなき冬の芽も春風吹きて八重桜花

海と空見ゆる限りに浮つ島自然の色も一点にあり

やれ錦やれ宝石と飾るより心の錦忘なよゆめ

一言に水となづけて使はれど色ぞ違いて泥と清なり

甲突の清き流れに敷島の四季それぞれの花は咲きける

われこそは日本男児ぞほこりなる皇国の為に尽す身なれば

吹く風に散るも厭わぬ親心報いて咲かむ眞盛の梅

黒土の固きをもぬく若草に新たにもゆる春を知る哉

もの学ぶ窓に名残りと散りかかる花にも尽きぬ六年の恩

大志をば翼にこめて学び舎をうなり鋭く飛びたつ我は

二見剛史さんの短歌

降灰のあと流すぞと雨が降る火山に生きる街の風景

久々の訪問客へのお土産は庭で育てし大根二本

絵手紙とエッセイ楽しむわが夫婦部屋いっぱいに文化の香り

キルト展ジュニア部門の第一位孫寛文の快挙に酔うて

くわがたやかぶと虫など探さんと溝辺の山野をかけまわる朝

夕顔の見える座敷に寝そべりて明日の講義の準備にかかる

川内《かわうち》の広場に集い語り合う国分の鮎を串刺しにして

在りし日の恩師の面影偲びつつ不肖の弟子を自覚する我

昔より二見の庭に伝わりしビワの実今年もたわわに熟す

ふるさとのシンボルならむ小学校過疎なる故に只今休校

九州の穀倉地帯をひた走る肥後と筑後のハイウェイロード

一人旅慣れたる空の旅なれど妻子を想えば無事を祈るのみ

新幹線鹿児島ルートの新ダイヤ日本列島小さく見ゆる

防衛に無駄な予算を使うより心通わす異文化交流

初講義眠気覚ましのハーモニカ拍手喝采これでいいのだ

鹿児島の国文祭招請の声をまとめて文化庁へ

南海の岸辺にともす文化の灯　二〇一五鹿児島文化祭

古希の年初めて参加の座禅会　霧島山を仰ぎ見ながら

山茶花の歌風ひそかに受け継ぎて兄の遺影が弟《われ》を励ます

あとがき

「天地有情」とは文化のバックボーンというべきでしょうか。人間は天を仰ぎながら地に生きる存在、相互敬愛の日常から真実の心が磨かれてゆくのだと信じます。

北大島の唄「花ぞめ節」に「花なればにほひ、枝ぶりやいらぬ、なりふりもいらぬ、人はこころ」とあります。奄美の文化協会長・松村利雄先生が揮毫された島唄の一節です。鹿児島県文化協会のお仕事等で、私はたびたび大島にも参上しましたが、名瀬でのお土産に書をいただき、今、わが家の床の間に掲げ、朝な夕なに拝誦しております。

２０１５は待望のかごしま国民文化祭が幕をあける記念の年、本書はそのための時空にあわせて発刊いたしました。エッセー第八集には、『モシターンきりしま』に「ふるさとの今と昔」として連載した20編と池田学園の『学び』51号以降に所載の10編を基軸に、その前座として高校時代の作文（社会科の大久保國男先生にたいそうほめられたことを思い出します）を皮切りに「青春有情」の3編、終章として補いに拾い出した「心の散歩道」7編を加え、計40編の随想を並べてみました。

一九九四年夏、NHK教育テレビでETV特集「日中の道、天命なり」が放送された折り、全国各地からたくさんのお手紙をいただきましたが、その中に鹿児島県文化協会長・山根銀五郎先生ご夫妻からの感想もございました。日中友好親善のために生涯を捧げた教育家・松本亀次郎研究をライフワークにしている私に、山根先生は真心込めた励ましの言葉をくださったこと、終生忘れることはできません。「県民第九」に出演したときも同様でした。先生のお導きがなければ、こんな随筆集をまとめることはできなかったでしょう。

このたび、序文を書いてくださった佐藤陽三先生との出会いも文化協会活動の中から生まれた奇跡です。日本全体の文化振興のために全国行脚を重ねてきた日々をお互い大切にしたいと思っております。励ましのお言葉、本当に有難うございました。

妻が絵手紙作家のため、わが家には、今、全国から便りが届きます。私あての絵手紙も加わりますので、本書に数点柔らかな光をいただきたくて紹介しました。写真は国分進行堂社長・赤塚恒久さんや家族の協力をいただきました。大山隆弘さんや東園尚一郎さんにも心から御礼申し上げます。題字は書家の義弟・井上泰三さんにお願いしました。

本書には「二見兄弟歌集」を加えることにしました。二十歳を待たずに召天した兄忠明はきわめて文才に富み「萬鑑和歌集」まで遺しています。「山茶花」の流れを汲んでいるらしいので四元明朗先生に見ていただきました。戦後半世紀以上経過しており、兄の遺作を整理すべき時期なのですが、まだ不十分です。そこで弟の作品と一緒に小さな歌集を試みてみました。国文祭を視野に入れた作品も若干入りました。お言葉を賜りました「山茶花」主宰・四元明朗先生に厚く御礼申し上げます。

本来なら歌集は画文集とは別に編集すべきだと思っていたのですが、私の短歌そのものがまだまだ未熟であり、もう一つ修業を重ねてから出した方がよさそうなので、エッセー集の中に少しだけ折り込む形になってしまいました。四元先生にはお約束を守れずに悪いナァーという気持がいたします。お寛恕の程。

　この一年県文化協会長の仕事を中断した形で文化活動に携わったわけですが、聴力障害と闘いながら、気力・体力をどうにか維持してきました。御期待に副いえず県民の皆さまには申しわけない気持でいっぱいです。

　ふるさとの天地は「百物生ずる」桃源郷、本書を先人への謝辞にさせていただきます。

平成二十七年三月一日

国文祭の盛会を祈りつゝ
鹿児島県文化協会名誉会長
二見剛史

題字　井上泰三
写真　赤塚恒久
編集協力　大山隆弘
〃　東園尚一郎

人名さくいん

（五十音順・敬称略）

著者略歴

昭和14年　鹿児島市薬師町に生まれる。昭和19～20年　鹿児島幼稚園
昭和20年　父祖の地、溝辺村有川竹山に移住。溝辺小・中から加治木高校へ
昭和38年　九州大学卒業、同大学院へ　博士課程を経て1年間九大助手
昭和42年　国立教育研究所で日本近代教育百年史(全10巻)編集事業に参画
昭和49年　日本大学教育制度研究所へ。この頃より海外視察研修に励む
昭和55年　鹿児島女子大学(現志學館大学)へ　学生部長・生涯学習センター長等
昭和57年　溝辺町文化協会長(「姶良の文化」編集委員長、現在顧問)
平成元年　溝辺町教育委員(「溝辺町郷土誌続編Ⅱ編集委員)
平成14年　鹿児島県文化協会長(九州文化協会理事・県文化振興会議委員等を兼務)
平成16年　世界新教育学会よりWEF小原賞
平成17年　志學館学園より功労賞および志學館大学名誉教授
平成18年　霧島市55人委員会委員長(兼 行政改革委員・溝辺地域審議会委員)
平成19年　霧島市薩摩義士顕彰会長
平成25年　鹿児島県文化協会名誉会長

〔主要著書〕

「日本近代教育百年史」　(共著1974, 全10巻)
「日中関係と文化摩擦」　(共著1982)
「日中教育文化交流と摩擦」　(共著1983)
「子どもの生を支える教育」　(共著1991)
「女子教育の一源流」　(1991)
「中国人留学生教育と松本亀次郎」　(1992, 論文集成)
「谷山初七郎と加治木」　(1995)
「いのちを輝かす教育」　(編著1996)
「日本語教育史論考」　(共著2000)
「新しい知の世紀を生きる教育」　(編著2001)
「鹿児島の文教的風土」　(2003, 論文集成)
「隼人学―地域遺産を未来につなぐ」(共著2004)
「はじめて学ぶ教育の原理」　(共著2008, 新版2012)
「学校空間の研究」　(共著2014)
「霧島・姶良・伊佐の昭和」　(監修2014)

〔現住所〕　〒899-6405　鹿児島県霧島市溝辺町崎森2731-5

―エッセー集（既刊）―

1	華甲一滴	2001	鶴丸印刷
2	霧島山麓の文化	2004	国分進行堂
3	霧島市の誕生	2006	〃
4	霧島に生きる	2008	〃
5	永久に清水を	2011	〃
6	みんなみの光と風	2012	鶴丸印刷
7	源喜の森	2013	国分進行堂

天地有情

–かごしま国文祭を記念して–

２０１５年３月１日　第一刷発行

著　者　二見剛史

発行者　赤塚恒久

発行所　国分進行堂

〒８９９-４３３２
鹿児島県霧島市国分中央３丁目１６-３３
電話　０９９５-４５-１０１５
振替口座　０１８５-４３０-当座３７３
URL　http://www5.synapse.ne.jp/shinkodo/
E-MAIL　shin_s_sb@po2.synapse.ne.jp

印刷・製本　株式会社国分進行堂

定価はカバーに表示しています
乱丁・落丁はお取り替えします

ISBN978-4-9908198-2-8　C0039